TRATADO DE
DIREITO NATURAL

TRATADO DE DIREITO NATURAL

Tomás Antônio Gonzaga

Organização e apresentação
KEILA GRINBERG

Martins Fontes
São Paulo 2004

*Copyright © 2004, Livraria Martins Fontes Editora Ltda.,
São Paulo, para a presente edição.*

1ª edição
abril de 2004

Acompanhamento editorial
Helena Guimarães Bittencourt
Preparação do original
Ana Luiza Couto
Revisões gráficas
*Sandra Regina de Souza
Maria Luiza Favret
Dinarte Zorzanelli da Silva*
Produção gráfica
Geraldo Alves
Paginação/Fotolitos
Studio 3 Desenvolvimento Editorial

Dados Internacionais de Catalogação na Publicação (CIP)
(Câmara Brasileira do Livro, SP, Brasil)

Gonzaga, Tomás Antônio, 1744-1810.
 Tratado de direito natural / Tomás Antônio Gonzaga ; organização e apresentação Keila Grinberg. – São Paulo : Martins Fontes, 2004. – (Coleção clássicos)

Bibliografia.
ISBN 85-336-1966-9

1. Direito natural 2. Gonzaga, Tomás Antônio, 1744-1810 – Crítica e interpretação I. Grinberg, Keila. II. Título. III. Série.

04-1304   CDU-340.12

Índices para catálogo sistemático:
1. Direito natural   340.12

Todos os direitos desta edição reservados à
Livraria Martins Fontes Editora Ltda.
*Rua Conselheiro Ramalho, 330/340 01325-000 São Paulo SP Brasil
Tel. (11) 3241.3677 Fax (11) 3105.6867
e-mail: info@martinsfontes.com.br http://www.martinsfontes.com.br*

Índice

Apresentação VII
Cronologia XXXVII
Nota à presente edição XXXIX

TRATADO DE DIREITO NATURAL

Prólogo 7
Introdução 9

***Parte I - Dos princípios necessários para
o direito natural e civil***

1. Da existência de Deus.................................... 15
2. Da existência do direito natural...................... 23
3. Do livre-arbítrio 31
4. Das ações humanas.. 39
5. Da imputação das ações 67
6. Do princípio do direito natural....................... 77

***Parte II - Dos princípios para os direitos que provêm
da sociedade cristã e civil***

1. Da necessidade da religião revelada............... 89

2. Da verdade da religião cristã	93
3. Da igreja cristã e das suas propriedades	105
4. Do poder da igreja	109
5. Do que é cidade ou sociedade civil – Da causa eficiente e necessidade dela	125
6. Das divisões das cidades, do modo por que se formam e de qual seja a melhor forma delas	135
7. Do poder civil e das propriedades do sumo império	139
8. Das divisões do império e dos modos por que ele se adquire	151
9. Dos direitos do sumo imperante	159

Parte III – Do direito, da justiça e das leis

1. Do direito e da justiça	171
2. Das leis em geral	183
3. Das leis em particular	193
4. Da interpretação das leis	207
5. Do privilégio e do costume	213
6. Da dispensa, ab-rogação e revogação da lei	217

Apresentação

Interpretação e direito natural
Análise do *Tratado de direito natural*
de Tomás Antônio Gonzaga*

Inédito até a década de 1940, o *Tratado de direito natural* é obra das mais importantes do inconfidente Tomás Antônio Gonzaga. Embora escrito no último quarto do século XVIII, o texto só foi publicado pela primeira vez em 1942, numa edição organizada e prefaciada por Rodrigues Lapa. O manuscrito figurava, até então, na Seção Pombalina da Biblioteca Nacional de Lisboa, em cópia feita por seu pai, o desembargador da Casa de Suplicação de Lisboa João Bernardo Gonzaga, e assinada pelo próprio autor[1].

Certamente de interesse para os estudiosos da filosofia e do direito, a obra não é de menor importância para historiadores e leitores em geral do autor de *Marília de Dirceu* e *Cartas chilenas*. Afinal, ela é uma excelente porta de entrada

---

* Este texto, com algumas modificações, foi originalmente publicado na *Revista de História Regional* 2(1): 43-68, 1997, do Departamento de História da Universidade Estadual de Ponta Grossa. Disponível na internet no site http://www.rhr.uepg.br/v2n1/sumariov2n1.htm

1. Consta que o historiador Luiz Camelo de Oliveira tirou uma cópia fotográfica completa do texto e o editou em apenso aos *Autos da devassa da inconfidência*. O texto é considerado obra inacabada por alguns, já que principia com o título Livro Primeiro, mas não há continuações (Rodrigues Lapa, "Prefácio", in Tomás Antônio Gonzaga, *Obras completas*, São Paulo: Cia. Editora Nacional, 1942; Afonso Arinos de Melo Franco, *Terra do Brasil*, São Paulo: Cia. Editora Nacional, 1939).

para conhecer as idéias e a visão de mundo do jovem Tomás Antônio Gonzaga quando ainda buscava espaço entre os muitos outros bacharéis recém-egressos da Universidade de Coimbra.

O texto que se segue é uma digressão acerca de alguns aspectos do *Tratado de direito natural*. Não tem o objetivo, evidentemente, de esgotar suas possibilidades analíticas. Em vez disso, pretende, ao inserir a obra em seu contexto de produção, discutir a relação entre o direito natural tal como foi expresso por Tomás Antônio Gonzaga e as possibilidades de interpretação abertas pelo direito português de então.

Apresentação da obra

O *Tratado de direito natural* foi escrito como tese a um concurso para professor da Faculdade de Leis de Coimbra, provavelmente na cadeira de Direito Natural. Não se sabe exatamente o ano em que foi escrito. Antonio Teixeira supõe que o texto seja datado de 1772, pois Tomás Antônio Gonzaga formou-se em 1768, e a cadeira de Direito Natural só foi instituída naquele ano[2].

É pela dedicatória que se podem circunscrever esses dados com mais base. O livro é oferecido ao "Marquês de Pombal, do Conselho de Sua Majestade Fidelíssima e seu Ministro de Estado, (...)"[3]. Ele foi escrito, portanto, entre 1769, ano em que Sebastião José de Carvalho e Melo recebeu o referido título, e 1777, data da "Viradeira", fim do governo do dito marquês. Aqui, o que menos importa é o ano exato em que a obra foi escrita. O mais importante é situar a época,

....
2. Antonio Braz Teixeira, *O pensamento filosófico-jurídico português*, Lisboa: ICLP, 1983.

3. Tomás Antônio Gonzaga, *Tratado de direito natural*, Rio de Janeiro: MEC/Instituto Nacional do Livro, 1957, p. 9.

a pombalina, e enfatizar o fato de Gonzaga tê-la dedicado ao Ministro de Estado, responsável pelas reformas fundamentais por que passou Portugal na segunda metade do século XVIII. De fato, vários autores ressaltam a importância, para o acesso ao cargo, de o pretendente ajustar-se às opções políticas então em vigor. Lapa, não sem certa ironia, faz referência a essa questão:

> O jovem opositor fazia nele a política do poderoso Ministro, punha o poder real acima do eclesiástico, defendia o cesarismo, a tirania ilustrada. Dá-se porém a "Viradeira", em 1777. Gonzaga celebrou então em verso o advento de D. Maria I, renunciou aos seus projetos de lente coimbrão e fez o que todos faziam em seu lugar: habilitou-se para a carreira da magistratura. Em 1779 devia estar já em Beja servindo como juiz de fora.[4]

Será que Tomás Antônio Gonzaga acreditava nas idéias que expressava no texto ou apenas as utilizava como recurso para consecução do cargo? A pergunta não é pertinente. Como nada escreveu sobre isso depois, é impossível comparar suas idéias e construir uma hipótese – ainda que vaga – sobre sua sinceridade. O fato é que o autor não inventou o tema nem os conceitos utilizados. Ao escrever um tratado de direito natural, ele pretendia seguir idéias em voga na Europa inteira, em Portugal em particular, que fundamentavam práticas políticas. Para comparar suas idéias com estas, passemos ao conteúdo da obra.

O objetivo principal de Tomás Antônio Gonzaga é escrever o primeiro livro em português sobre as disposições então recentes do direito natural. Mas ele não pretendeu apenas fazer uma compilação das doutrinas da época; quis

---

4. Rodrigues Lapa, "Prefácio", in Tomás Antônio Gonzaga, op. cit., p. XV.

corrigi-las, na parte que julgava terem se afastado dos princípios religiosos católicos. E, partindo de um princípio teológico (daí a argumentação começar com o parágrafo "Da existência de Deus"), ele começa a construir o seu próprio conceito de direito natural, dialogando com Grotius, Pufendorf, Thomasius, Heineccius, entre outros formuladores e comentadores da chamada moderna teoria do direito natural.

Segundo Gonzaga, Deus criou o homem para dotá-lo de suas perfeições e para receber dele o culto devido. Assim, deu-lhe inteligência para que ele pudesse viver em felicidade e cumprir o fim ao qual estava destinado. A razão, porém, não bastava (talvez fosse o que menos bastasse) para que o homem alcançasse esta vida; o fundamental eram as leis infundidas por Deus no coração do homem, as quais ele teria liberdade para seguir ou não. O recurso para conhecê-las era o amor, não a razão. A estas leis Gonzaga chamou de direito natural.

Havia, contudo, um problema nesse princípio: as leis naturais não tinham como intimidar o homem com castigos reais; era apenas no plano da moral que ele podia sofrer alguma pressão para segui-las. Por isso, para que não existisse a possibilidade de os homens viverem apenas seguindo "seus apetites torpes e suas depravadas paixões", Deus teria aprovado a criação das sociedades humanas. Daí que, ainda que todos fossem por natureza iguais, esta mesma natureza teria obrigado Deus a infundir diferenças entre os homens: uns seriam governantes, outros, governados. Os governantes teriam o direito e o papel de fazer cumprir, desta vez por meio de castigos efetivos, os preceitos estipulados por Deus. Às leis derivadas deste direito Gonzaga chamou de direito civil.

O direito natural, nestes termos, já não podia ser interpretado de acordo com um anterior estado de liberdade; ele devia ser cumprido no presente estágio da sujeição civil. Isso não significava que o direito civil pudesse, em qualquer circunstância, ser superior ao natural; o direito natural é que, dadas as características da humanidade, acabou circunscrito à esfera de atuação do civil.

Estes princípios compõem a base da argumentação do *Tratado de direito natural*. A partir deles, Gonzaga começa a expor suas idéias acerca da hierarquia social, do fundamento e divisões do poder na sociedade, da importância da lei e do direito como fatores de organização social. Por outro lado, mas ainda de acordo com esses pressupostos, ele envereda por discussões sobre o caráter das ações humanas, sobre o livre-arbítrio e sobre a consciência. O direito natural, e portanto Deus, organiza as relações sociais e fornece um fundamento para as ações humanas. Tanto o governante quanto o povo, dentro de suas atribuições, devem orientar-se por ele. Daí a importância de sua obra, daí a necessidade de discutir com aqueles que divulgam idéias consideradas incorretas. Manter o funcionamento da sociedade baseado em Deus e no poder divino do monarca: este era o propósito, neste livro, do futuro inconfidente Tomás Antônio Gonzaga.

Conceitos

Gonzaga dedica boa parte de sua obra a discorrer sobre as características individuais da natureza humana. Só depois, baseando-se na idéia de um pacto inicial, ele passa a analisar os fundamentos da sociedade civil. Como, para ele, todos os homens são iguais perante a divindade, são as ações, baseadas na faculdade do livre-arbítrio, que permitem que haja diferenças entre as pessoas: umas boas, outras más.

Assim sendo, as regras do direito natural de nada adiantariam se o homem não tivesse a faculdade de escolher se queria lhes obedecer. Gonzaga considera que a liberdade dada por Deus para que se possa merecer o prêmio ou o castigo é tão importante quanto o reconhecimento de existência deste. Sem liberdade, não haveria moral, muito menos possibilidade de agir conforme alguma noção de bem. Para poder exercer essa faculdade, o homem foi dotado de consciência ou de raciocínio acerca da moralidade das ações. É ela quem dirige as ações voluntárias. Gonzaga considera que as ações movidas pela consciência podem ser boas, se conformes à lei natural, ou más, se contrárias a ela. Como são feitas com "deliberação da alma", são morais, livres e podem ser julgadas. Apesar de nem todas as ações más poderem ser imputadas a seu autor, porque ele pode ter agido sem conhecer as possíveis conseqüências de seu ato, a ignorância é considerada uma "inimiga do entendimento": é obrigação do homem vencê-la, para que possa obrar bem. Assim como esta, muitas são as obrigações do homem; elas provêm da conveniência ou do medo, mas também fazem que o homem acabe guiando-se pela moral.

Afinal de contas, o homem age moralmente de acordo com sua consciência ou por medo? Esse ponto parece controverso, já que Gonzaga crê tanto no medo e na fragilidade como fatores de união das sociedades quanto em um natural apetite para a sociabilidade. Assim, ele congrega obrigação e vontade quando passa a tratar de indivíduos vivendo em conjunto, ou de temas como sociedade civil, pacto social e poder: a sociedade foi formada por um pacto definitivo e insolúvel, a partir do qual as resoluções devem ser obedecidas (a obrigação de obedecer à lei vem da superioridade de quem manda, não do consentimento do súdito); ao mesmo tempo, é a congregação de cidadãos que decide, por meio de decretos, a constituição do governo e a eleição das pessoas que exercerão o poder.

Adiante, o autor volta a ressaltar que a sociedade civil é necessária para que os homens gozem de uma vida segura, tranqüila e feliz. Neste ponto, Gonzaga volta a deixar bem claro que os homens em estado de natureza seriam todos iguais; mas como, neste caso, a convivência seria impossível, pois estariam todos sujeitos ao domínio das paixões, Deus teria instituído a sociedade civil. Daí vem a inferência de que todo poder que um homem exerce sobre outro provém apenas de Deus; é ele quem legitima o poder e o mandato do governante, já que o povo, embora tenha o direito de escolher seu soberano (de preferência adotando a monarquia como forma de governo), não tem o poder de destituí-lo, mesmo se considerar que ele passou a ser um tirano.

Assim, a finalidade da sociedade civil é obrigar todos os homens a respeitarem a lei natural, mas também possibilitar que vivam de acordo com seu desejo: como eles desejam tudo o que contribui para sua felicidade, e como não se pode viver feliz fora da sociedade, esta é uma necessidade humana. Neste ponto, vontade de Deus e necessidade dos homens confundem-se:

> Posto que não seja mandada por direito natural (a lei civil), de forma que digamos que o quebram os que vivem sem ela à maneira dos brutos, é contudo sumamente útil e necessária, para se guardarem não só os preceitos naturais que dizem respeito à paz e felicidade temporal, mas também para se cumprirem as obrigações que temos para com Deus, porque nem a religião pode estar sem uma sociedade cristã, nem esta sociedade cristã sem uma concórdia entre os homens, nem esta concórdia se poderá conseguir sem ser por meio de uma sociedade civil.[5]

A última parte do Tratado tem como tema a preocupação com a colocação em prática dos fundamentos antes expostos. Aqui, Gonzaga desenvolve os conceitos de direito e justiça, e parte para uma teorização acerca do sentido pragmático que devam ter a lei, o costume e o privilégio na inter-

---

5. Tomás Antônio Gonzaga, op. cit., pp. 97-8.

pretação das normas; todos, em conjunto, devem ser orientados para o respeito à vontade do legislador, tendo como fim o bem dos povos.

Gonzaga considera que o termo direito tem vários significados: "faculdade natural" para agir ou não, autoridade para agir (ou obrigar outros a fazê-lo), sentença do juiz etc. No entanto, o que é realmente importante é sua constituição como uma coleção de leis homogêneas, provindas em primeiro lugar do direito natural, em seguida do poder civil. A partir daí, ele passa a classificar os dois campos do direito de acordo com suas atribuições, ressaltando mais uma vez que a diferença entre o direito natural e o civil é que este é arbitrário, e o primeiro, não; dessa forma, as leis naturais estão sempre de acordo com a justiça, ao passo que nem sempre as civis estarão de acordo com ela, já que podem ser feitas por legisladores tiranos.

A justiça seria, então, a "virtude que dá a cada um o que é seu". Essa virtude seria composta por qualidades como "viver honesto, não ofender a outro"[6]. O homem que não ofende a outro e dá a cada um o que lhe pertence é aquele que, por exemplo, se obriga a ressarcir um dano causado a alguém. O que vive honesto é aquele que ajuda um pobre; ele faz algo a que ninguém o obriga, mas que considera ser justo.

A definição que Gonzaga dá à lei está adequada à realização dessas noções de direito e justiça; é uma regra dos atos morais, prescrita pelo superior aos súditos. Dividida em preceptiva (manda ou proíbe alguma ação) e permissiva (concede alguma ação), divina ou civil, ela tem como requisitos básicos ser honesta, possível, perpétua (só quem concedeu algo pode retirar), escrita pelo governante, promulgada com palavras claras e próprias, e concebida com o objetivo de regular as ações do futuro. Nesse esquema, Gonzaga conside-

---

6. Tomás Antônio Gonzaga, op. cit., pp. 125-7.

ra que o costume (a freqüência de atos externos feitos pela maioria da sociedade) não tem força de lei, mas pode ser considerado quando for útil à sociedade e aprovado pelo soberano. No caso, um costume com sanção do Estado pode revogar uma lei ou até instituir uma nova.

Apesar de ter como princípio o fato de Deus ter criado todos iguais, Gonzaga considera correto que o monarca conceda privilégios, ou seja, estabeleça direitos especiais, para alguns, contra a lei ou além dela. Ele justifica isso definindo o privilégio como uma lei privada que, como as outras, só pode ser revogada pelo soberano, ainda que todas as leis gerais percam a validade. O privilégio é sempre concedido a uma categoria de pessoas, que pode ser definido de acordo com seu lugar na sociedade (membros da nobreza ou do clero, por exemplo) ou por uma circunstância ocasional (habitantes de uma região).

A princípio, admitir sociedades com privilegiados contradiz a premissa da igualdade. Mas, se Gonzaga justifica a possível desigualdade na necessidade de instituir governantes e governados, isso não poderia ser estendido à compreensão do privilégio como uma necessidade terrena de instituir diferenças?[7]

O funcionamento perfeito do direito e da justiça esbarra em um problema: quem aplica as leis não é o soberano, mas os juízes; da mesma forma, são estes e os advogados que as interpretam, conferindo a elas significados muitas vezes não desejados pelo legislador. Gonzaga dá bastante atenção a essa questão. Para circunscrever a esfera de atuação dos magistrados, ele os define como pessoas públicas, representantes do rei, que por isso lhe devem obediência. Dessa forma,

---

7. Interessante que Gonzaga não defenda a concessão de privilégios a sacerdotes, como livrá-los do pagamento de impostos. Para o autor, como os sacerdotes usufruem, como os outros, dos bens e da segurança proporcionados pelo Estado, devem pagar por eles.

os magistrados sempre devem usar a lei de acordo com a vontade do soberano. Uma boa interpretação, portanto, deve ser feita de acordo com seu sentido original, com o objetivo de sua utilização, com o costume adotado pelo povo (para melhor aceitação da decisão judicial). Mas se esse uso propiciar situações absurdas, inúteis ou injustas, ele não deve ocorrer.

Nesses casos, a interpretação pode ser também usual, se baseada no costume, ou virtual, quando é feita por sábios mas não segue a lei. Além disso, ela pode ser extensiva, quando atribui à lei um sentido mais amplo do que o original; restritiva, quando este sentido é mais restrito; ou declaratória, quando tem por objetivo explicitar as propriedades e a inteligência da lei. Apesar de estes não serem usos ideais da lei, Gonzaga admite que eles devem ser adotados sempre que não houver leis que forneçam soluções para as ocorrências.

As primeiras considerações acerca das possibilidades de análise do *Tratado de direito natural* foram influenciadas pela leitura do livro *Tomás Antônio Gonzaga e o direito natural*, de Lourival Gomes Machado. Este autor analisa o *Tratado* como um "índice do caráter e da efetividade dos valores culturais dominantes ao tempo que foi escrito"[8], e como uma oportunidade de estudar a relatividade dos dogmas pombalinos, o grau de aceitação destes e a correspondência real entre seus princípios e aqueles consagrados pelos grupos sociais. Chamando a atenção para a possibilidade de existência de valores diversos e sistemas antagônicos em uma mesma obra, Machado questiona-se sobre as possíveis relações entre o esquema de Gonzaga, a doutrina européia de direito natural do século XVIII e o contexto político-jurídico português da segunda metade deste século.

....

8. Lourival Gomes Machado, *Tomás Antônio Gonzaga e o direito natural*, Rio de Janeiro: MEC, 1953, p. 18.

Foi a partir daí que se formularam as seguintes perguntas: as noções de direito natural de Tomás Antônio Gonzaga estão de acordo com a visão do Estado português sobre o assunto? Como Gonzaga interpreta as formulações de outros autores, notadamente os formuladores do chamado direito natural moderno? Essas interpretações são compartilhadas por seus contemporâneos, ou seja, fazem parte de um senso comum ou de um programa universitário, ou são específicas do autor?

Para responder a elas, foi necessário, como Machado, confrontar as idéias de Tomás Antônio Gonzaga com a doutrina do direito natural e com as especificidades políticas e jurídicas de Portugal de então.

Citações e contextos

Para conceituar as idéias expressas no *Tratado de direito natural*, Tomás Antônio Gonzaga fez uso de estudos de vários pensadores e estudiosos do direito natural; geralmente, seus conceitos são citações de algum deles, escolhidos após exposição acerca dos possíveis significados do termo e de explanação sobre a conveniência daquela adoção.

Convém discorrer um pouco sobre os representantes da chamada escola moderna do direito natural para efetuar as relações entre a obra de Gonzaga e as teorias formuladas por estes.

Em primeiro lugar, é importante dizer que não existe propriamente uma escola do direito natural; o movimento que é assim chamado inicia-se nos Países Baixos e na Alemanha, no século XVII, e tem como fundadores Hugo Grotius e Samuel Pufendorf. Mais propriamente denominado concepção moderna do direito natural, ele caracteriza-se por referir-se à natureza do homem e da sociedade como bases para a noção de justiça[9]. Rejeitando a subordinação a princípios externos à vida social, como o direito divino, os teóricos dessa corrente buscavam princípios evidentes e axiomáticos para o estudo e crítica da natureza humana. Grotius e Pufendorf, portanto, são considerados inauguradores de uma nova forma de pensar o direito natural por duas razões: buscaram fundamentar a natureza humana e os direitos daí decorrentes em bases seculares, e estavam preocupados, em especial Pufendorf, em dar um impulso à reflexão sistemática sobre o direito. A partir daí, popularizada nos trabalhos de seus seguidores e utilizada nas formulações sobre os direitos do homem no século XVIII, a concepção moderna de direito natural institucionalizou-se como disciplina e transformou-se em cátedra em várias universidades da Europa.

Antes de Hugo Grotius[10], o direito natural podia ser dividido genericamente em duas correntes: uma considerava que a ordem natural era gravada por Deus na natureza e dela fluía por via da razão natural; a outra acreditava na ordem natural como aquilo que fora por Deus ordenado e o que fora organizado pelo homem a partir dali. Ambos partem da idéia de que os direitos inalienáveis do homem provêm de essência religiosa. Grotius é considerado o ponto inicial da laicização; cristão, mas também imbuído de cultura humanista, ele considera a própria lei natural como um fundamento jurídico superior e, por isso, universal.

Neste ponto, sua questão é: o fundamento jurídico universal modifica-se ao longo do tempo ou não? Grotius volta-se para o estudo da natureza humana e chega à conclusão de que esse fundamento jurídico é uma forma histórica, e que a fonte da lei é a sociedade. Assim, o conceito de justiça deve

....
9. R. C. van Caenegem, *Uma introdução histórica ao direito privado*, São Paulo: Martins Fontes, 1995.
10. Huig de Groot (1583-1645), jurisconsulto e diplomata holandês, autor de *Sobre o direito da guerra e da paz* (1623).

ser definido de acordo com a capacidade humana de exercício da sociabilidade. Daí vem a afirmação de que "o direito natural existiria ainda que Deus não existisse"[11].

Ao estabelecer essa noção, Grotius reporta-se não só à religião, mas também à política. É contra o Estado-Leviatã de Hobbes que ele enfatiza a necessidade de definição da esfera do jurídico em face do Estado. Apenas independente da religião e do poder é que o direito poderia permanecer fiel à formulação ideal de justiça que o sustenta.

Samuel de Pufendorf é considerado continuador de Grotius, mas também autor de obra original sobre o direito natural[12]. Embora seus escritos não sejam limitados aos tratados de direito, é sobretudo nesse campo que ele se torna conhecido. Assim como Grotius, Pufendorf considera a possibilidade da relação entre o direito e a aritmética: os princípios de direito natural são de evidência perfeita, como axiomas da matemática; por isso, é fundamental estabelecer princípios para a dedução do direito natural. Ao afirmar que esses princípios podem ser retirados tanto da experiência empírica quanto da tradição consagrada, Pufendorf contribui para aprofundar o movimento de secularização do direito.

O objetivo principal de Pufendorf era descobrir os fundamentos do direito. Para ele, no universo múltiplo do direito, havia um princípio único, a lei natural de Deus. Porque divina, essa lei seria imutável, ao passo que as outras leis, advindas das organizações jurídicas humanas, variariam de acordo com as condições espaço-temporais.

Para Pufendorf, a lei natural que se impõe ao gênero humano é uma lei de obrigação, que só pode ser imputada a seres morais, dotados de razão. Assim, só o homem pode

....
11. Grot., *De Jure Belli et Pacis, Prolegomena*, séc. XI, apud Ernst Cassirer, *A filosofia do Iluminismo*, Campinas: Editora da Unicamp, 1994, p. 323.
12. Samuel de Pufendorf (1632-1694), jurista e historiador alemão, autor de *Sobre o direito da natureza e das gentes* (1672).

ser sujeito de direito; o imperativo da lei natural é, portanto, que a obrigação seja mantida pelos homens. Essa obrigação pode ser traduzida na observância do princípio de sociabilidade (da forma conceituada por Grotius) como máxima essencial do mundo humano. Ou seja: todos os sistemas humanos de direito e as obrigações daí decorrentes devem estar assentes na idéia de que o homem é um ser social.

Da obrigação da sociabilidade, Pufendorf distingue duas ordens de princípios, os absolutos e os hipotéticos: os primeiros obrigam a todos os homens na condição de membros do gênero humano, independentemente de suas vontades: são originários de Deus; os segundos dependem das determinações humanas, instituídos, por exemplo, pelos governos de cada nação. Embora dependentes da vontade do homem, essas obrigações são tão importantes quanto as outras; elas serviriam para formular leis que disciplinem a sociedade.

Heineccius é conhecido no campo do direito natural por ser organizador e também refutador de certos aspectos da obra de Grotius[13]. Ele considera o direito natural como

> o conjunto das leis que Deus promulgou ao gênero humano por meio da reta razão. Se se quer considerá-lo como ciência, a jurisprudência natural será a maneira prática de conhecer a vontade do legislador supremo, tal como se expressa pela reta razão.[14]

Esse autor acredita, portanto, que a lei é expressão da vontade de Deus, e neste ponto afasta-se das premissas básicas de Grotius e Pufendorf. A lei é uma necessidade social, ditada pela consciência humana, mas essa consciência – a

---

13. Johann Gottlieb Heineccius, jurista alemão, autor de *Elementos de filosofia moral*.
14. Heineccius, apud Paul Hazard, *El pensamiento europeo en el siglo XVIII*, Madrid: Alianza Editorial, 1991.

razão – é determinada pelos desígnios divinos. Ela não faz mais do que permitir o conhecimento das leis de Deus.

A grande questão de Heineccius a partir daí, e nisso ele pode ser situado na corrente inaugurada pelos dois teóricos, é a de harmonizar essa norma suprema com a liberdade do homem, a ordem natural com a conduta individual. Nesse sentido, considera importante delimitar o poder temporal e o poder eclesiástico, fundando também a sociedade na vontade divina. Aliás, seria justamente a sociedade perfeita o que provaria a existência de Deus.

Apesar de citar outros autores, Tomás Antônio Gonzaga recorre basicamente a esses três para reforçar suas idéias. Ao usá-los, mostra que está em dia com os estudos contemporâneos sobre o direito natural, escolhendo as mais recentes e conhecidas fontes dentre as permitidas pela censura oficial. No entanto, nem todas as suas conclusões foram retiradas da obra desses autores. Vejamos.

Grotius é considerado por Gonzaga a maior influência em seu livro. Ele concorda com o primeiro nas definições das estruturas de direito e justiça, como as classificações do direito positivo e as divisões da justiça; o conceito de lei como "uma regra dos atos morais que obriga ao que é justo"[15] também é baseado em Grotius. Suas discordâncias situam-se em outro plano.

Tomás Antônio Gonzaga dá bastante importância à argumentação que tenta refutar a afirmação de Grotius de que existiria direito natural ainda que Deus não existisse. Para ele, isso suporia a existência de outro ente – formulador do direito – que não Deus. Na verdade, o que Gonzaga não admite conceber é a existência de um direito natural secularizado. Basta isso para que cheguemos à conclusão de que o pensamento dos dois, em princípio, é oposto. Grotius considera a sociabilidade o ponto sensível de sua teoria; Gonzaga

---

15. Gonzaga, op. cit., p. 128.

parte da evidência divina, não se preocupando em traçar o elo natural que determina a condição humana, mas em ressaltar os traços morais impressos por Deus no homem. Sua sociabilidade aparece então como conseqüência da vontade divina; tem origem, natureza e finalidade extra-humanas. Além disso, no que se refere à concepção do Estado, Gonzaga discorda de Grotius quando este defende que o rei deve prestar contas ao povo; para ele, o povo apenas constitui o governante, e essa constituição é permanente. É quanto aos próprios fundamentos da teoria do direito natural, portanto, que Gonzaga discorda de Grotius. Quanto a Pufendorf, Gonzaga concorda na definição de sociedade civil como

> pessoa moral composta, cuja vontade implícita e unida por pactos de muitos se tem pela vontade de todos, para que possa usar das forças de cada um e das suas faculdades para o fim de uma paz e segurança comum[16],

e também parte do medo como causa eficiente para formação das cidades. Sua principal discordância diz respeito à divisão dos princípios do direito natural em absolutos e hipotéticos. Para Gonzaga, não existem princípios hipotéticos. Apesar de não criticar Pufendorf da mesma forma que faz com Grotius, Gonzaga evidentemente não compartilha suas idéias seculares.

Na verdade, o autor mais citado do texto é Heineccius. Gonzaga compartilha suas idéias sobre as características do homem e de Deus, o conceito de liberdade ("é uma faculdade para fazermos tudo o que nos for conveniente e não para fazermos o que nos for nocivo")[17], de livre-arbítrio, de ação, de obrigação e de interpretação; concorda também com a consideração do amor como o princípio único do direito

---

16. Gonzaga, op. cit., p. 91.
17. Idem, p. 28.

natural, da paz, sossego, justiça e defesa como finalidades da sociedade civil, e da não-obrigatoriedade de prestação de contas do rei ao povo. Gonzaga, assim, em nada discorda das proposições de Heineccius. Muito pelo contrário: ressalta as críticas desse autor a Grotius, principalmente na afirmação de que a lei depende da existência do legislador, que este só pode ser Deus, e que sem Deus não há direito natural.

A opção de Tomás Antônio Gonzaga, portanto, é pela versão teológica do direito natural moderno. Suas citações mostram como ele efetivamente não adota as soluções de Grotius e Pufendorf ao problema fundamental do direito natural, e filia-se expressamente a Heineccius.

Para Lourival Gomes Machado, a preferência por Heineccius não significa que este fosse tão diferente dos outros; ao contrário, haveria mais pontos em comum do que discrepâncias. Gonzaga teria usado Heineccius apenas como pretexto para corrigir a maneira de pensar de Grotius. Acontece que Heineccius é considerado um autor menor na tradição jusnaturalista; é aí que Machado é duro com Gonzaga: ele acha que este cita Grotius e Pufendorf apenas naquilo que é de seu interesse, como argumento de autoridade ou para dar uma capa moderna e sedutora a um estudo que estaria mais bem classificado como tomista.

A conclusão a que se chega é que, se o direito natural assume em toda a Europa nos séculos XVII e XVIII uma função renovadora e revolucionária, em Portugal de fins do século XVIII ele é utilizado por Tomás Antônio Gonzaga como elemento de conservação do poder real.

Assumindo, assim, as proposições gerais de Machado – menos na parte do interesse maquiavélico de Gonzaga nas citações de Pufendorf e Grotius; é melhor supor que ele realmente considera importante o diálogo com estes autores, ainda que seja para refutar seus pontos-chave; afinal, se estes eram os autores do direito natural mais lidos do momento e se Gonzaga achava que eles divulgavam idéias erradas sobre princípios considerados tão fundamentais, por que não tentar rebatê-las? –, é fundamental uma ida ao contexto político-jurídico no qual Gonzaga escreve sua obra. Sem isso, fica impossível circunscrever mais sua doutrina. A contextualização deve, portanto, abarcar tanto a forma como as idéias modernas sobre o direito natural que aportaram em Portugal quanto as transformações jurídicas ocorridas nesse país na segunda metade do século XVIII.

A introdução do direito natural e as reformas jurídicas realizadas em Portugal nesse período têm uma questão comum: a consideração sobre a necessidade de reformar as fontes de direito em uso no país, para que fossem adotadas fontes verdadeiramente nacionais, e não romano-canônicas, como tinha sido feito até então. Essa problemática pode ser remontada ao século XV, quando foi feita a primeira compilação – as Ordenações Afonsinas –, para sistematizar fontes nacionais e estabelecer o campo de aplicação do direito romano-canônico. Esse ponto era de particular importância porque, até então, era o rei que, como árbitro, assumia o papel de criar o direito, decidindo entre o costume e as tradições canônica e romana.

Nas Ordenações Afonsinas foi decidida a adoção do Código de Justiniano, na interpretação dada por Acúrsio. O problema dessa resolução foi que ela mal podia ser colocada em prática em Lisboa (quanto mais no resto do Reino!), já que só havia uma cópia do texto. Isso só foi solucionado na compilação seguinte, as Ordenações Manuelinas, contemporânea ao advento da imprensa, feita com o objetivo de assegurar a aplicação das leis a todo o país. Esta e as Ordenações Filipinas, do início do século XVII, em quase nada mudaram a primeira sistematização, incorporando apenas as leis posteriores.

A primeira compilação, portanto, ainda era a referência básica para juristas e juízes dos séculos seguintes no que se refere à adoção das fontes de direito e ao estabelecimento de direito subsidiário: em primeiro lugar, deveria ser usado o direito local; em segundo, os direitos romano e canônico; depois, Acúrsio e Bártolo; por último, o rei decidiria com o recurso ao costume. Na prática, porém, o que acontecia era uma inversão dos critérios: a primazia era do direito romano, e o nacional acabava sendo o subsidiário.

No século XVIII, nada disso estava de acordo com as pretensões políticas do Estado português, nem com as discussões jurídicas travadas no momento em toda a Europa. Afinal, a questão do reinado de D. José, tendo à frente o Marquês de Pombal, era fortalecer o Estado nacional, por meio do poder absoluto, da centralização administrativa, da preocupação com a educação laica e da expulsão dos jesuítas, tidos como "inimigos da independência nacional, contra a coroa, contra a fé e contra a verdadeira cultura"[18].

A disputa com os jesuítas englobava várias frentes, entre elas o estabelecimento da censura e fiscalização oficiais de publicações nacionais e estrangeiras, as reformas educacionais, as jurídicas etc. A importância destas está na substituição do direito romano pelo direito nacional: a utilização dos *Index* romanos passou a ser vista como um atentado à inteligência portuguesa. Como base de sustentação para a legislação nacional, o direito natural.

O jusnaturalismo era, nessa retórica, fundamental, porque justificava a ligação da cultura e da história portuguesas com a cultura e história gerais da Europa, interrompida apenas pelo interregno jesuítico; além disso, o direito natural era utilizado pelo pombalismo como uma oportunidade de defender a ilustração, o princípio monárquico e os problemas filosófico-jurídicos propriamente ditos.

O interessante é que as concepções de direito natural apresentadas na "Dedução Cronológica e Analítica", obra coletiva tomada como representação do pensamento oficial

---

18. Machado, op. cit., p. 81.

do pombalismo contra os jesuítas, são extremamente seletivas: não se fala, por exemplo, em origem popular do poder dos reis nem em princípios secularizados. O resultado disso é a tentativa de articulação entre a ortodoxia religiosa e os resultados do desenvolvimento científico dos últimos séculos. O direito natural, no caso, aparece como fundamento da existência divina e do esforço de Deus na organização da comunidade dos homens.

A "Dedução Cronológica e Analítica" e também o "Compêndio Histórico da Universidade de Coimbra"[19] deixavam clara a necessidade, para o governo, de reformar o ensino jurídico e o quadro das fontes de direito. Até meados do século XVIII, o ensino universitário era dominado pelo método bartolista, no qual o direito romano era o modelo e o seu ensino tornava quase exclusiva a adoção de seus preceitos. Além disso, havia, por um lado, excesso de legislação avulsa, o que aumentava as possibilidades de interpretações díspares, e, por outro, uma carência de respostas legais a situações concretas.

Era necessária, portanto, uma reforma, não só do ensino, mas de toda a estrutura jurídica. Agora, era preciso limitar as fontes utilizadas por juízes, na tentativa de eliminar a doutrina e limitar a interpretação, e condicionar a vigência do direito romano à sua conformidade com a boa razão, tornada lei em 17 de agosto de 1769[20]. Por trás das reformas,

---

19. Relatório geral da Junta da Providência Literária que comunicava ao rei os malefícios dos jesuítas, feito em 1770. Esse texto foi a base para a confecção dos novos Estatutos da Universidade. Antonio Manuel Hespanha, "Sobre a prática dogmática dos juristas oitocentistas", in *A história do direito na história social*, Lisboa: Livros Horizonte, 1978.

20. A boa razão é definida nessa lei, que ficou depois conhecida por Lei da Boa Razão, como "aquela que consiste nos primitivos princípios, que contém verdades essenciais, intrínsecas, e inalteráveis... que os direitos divino e natural formalizarão para servirem de regras morais e civis entre o Cristianismo". Hespanha, op. cit., p. 81.

dois problemas: como eliminar as controvérsias na interpretação das fontes de direito? Como determinar os princípios do direito natural com os quais o direito romano deveria se conformar?

A primeira solução dada para a questão da interpretação foi a eliminação completa da doutrina; o juiz não poderia interpretar, apenas ler a lei em seu sentido literal; se por acaso a interpretação literal fosse contra a eqüidade, o rei determinaria o uso. Essa utilização da lei, porém, nunca deveria criar uma jurisprudência: a cada caso semelhante, novo apelo ao soberano deveria ser feito. Essa tentativa não deu certo, já que era inviável recorrer ao governante a cada dúvida; a limitação maior, na prática, acabou sendo a da confecção de leis. Agora, apenas a Casa de Suplicação de Lisboa – e não mais os Tribunais da Relação do Porto, de Goa, da Bahia e do Rio de Janeiro – poderia proferir assentos passíveis de utilização por outras cortes. A questão da interpretação acabou reduzida ao esforço de uniformização das sentenças.

Sobre o direito romano, era preciso, antes de tudo, saber os trechos que teriam sido ditados por Deus – parte do direito natural – e aqueles impostos por condições particulares e históricas da vida dos romanos. Estes deveriam ser extirpados, mas os primeiros poderiam ser mantidos. Ainda restava o problema da utilização dessas regras de direito. O critério foi o uso moderno das leis romanas em outros países, notadamente na Alemanha. O *usus modernus pandectarum*, ou a tendência que defende a aplicação do direito romano apenas naquilo que está adaptado à boa razão, restringiu o direito romano ao caráter de direito subsidiário[21].

Essas duas questões foram objeto de intensa polêmica na época. A reforma no ensino, porém, acabou decidindo pela

---

21. Uso moderno do Pandectas (código romano), na expressão cunhada pelo jurista alemão Stryk, em livro do mesmo nome. Nuno Espinosa Gomes Silva, *História do direito português: fontes de direito*, Lisboa: Fundação Calouste Gulbenkian, 1991.

criação da cadeira de direito natural, justificada pela necessidade de se fornecer aos estudantes uma

> idéia bem clara da natureza do homem, do seu estado moral, da sua liberdade, da imputação das suas ações, do bem e do mal, da suma e verdadeira felicidade para que Deus o criou.[22]

Os novos estatutos da universidade também estabeleciam o modo como o curso deveria ser organizado: história das leis e jurisprudência natural; interpretação do direito natural por estóicos, romanos, padres, escolásticos, Grotius e Pufendorf; direito público universal, direito das gentes, noções gerais de ética, e recomendavam a confecção de um compêndio para ser usado como manual dos estudantes. Como esse manual só foi feito em 1843, o jeito foi adotar livros estrangeiros com o devido crivo da censura oficial. A obra *Elementos de filosofia moral*, de Heineccius, não por acaso traduzida para o português em 1785, foi, muito provavelmente, a mais manuseada em Coimbra nesta época.

Podemos chegar ao final do século XVIII com uma idéia mais clara acerca do contexto que influenciou as tomadas de posição de Tomás Antônio Gonzaga. Se isso não explica suas íntimas convicções, ao menos ajuda a perceber que ele não está fora de lugar nem de época. Seu conceito de direito natural no que se refere, por exemplo, aos princípios divinos e ao poder dos reis está de acordo com os preceitos firmados nos Estatutos da Universidade, nos quais o direito natural aparece como justificativa do despotismo.

Aqui também podemos explicar a adoção de Heineccius como referência teórica principal da obra. Toda a orientação do direito natural em Portugal se dá via catolicismo, ou ainda por concepção teológica de natureza. Se Tomás Antônio Gonzaga realmente acredita que essa é a melhor forma de

---

22. "Estatutos da Universidade de Coimbra", apud José Arriaga, *A filosofia portuguesa, 1720-1820*, Lisboa: Guimarães, 1980, p. 126.

ler as doutrinas do direito natural ou se quer apenas agradar os detentores do poder, não importa. O relevante, no caso, é ressaltar a discrepância entre os primeiros textos da reforma universitária, a "Dedução cronológica e analítica" e o "Compêndio histórico da Universidade de Coimbra", e a corrente de direito natural iniciada por Grotius e Pufendorf.

Estar de acordo, porém, com a proposta pedagógica pombalina não significa que Gonzaga endossasse, em tudo, as concepções impostas por esse governo. A subordinação de todo o mundo a uma ordem divina e a definição do amor como fundamento para conhecer as leis naturais dificilmente seriam pontos defensáveis pelos arautos de um governo que pretendia modernizar o país. Mas, mesmo sendo importante, isso não impedia a adequação de Gonzaga às idéias pombalinas, ainda mais porque o princípio divino em hora alguma é contraposto ao esquema absolutista.

Essa conclusão abre uma brecha para a formulação de outras perguntas: o esquema pedagógico colocado em prática a partir do governo Pombal fez que houvesse uma homogeneidade de pensamento entre os magistrados? Ou melhor: todos tinham a mesma noção que ele sobre o direito natural, o poder dos reis, a interpretação judicial? Para desenvolver essas questões, é necessário fazer algumas comparações.

Comparações e conclusões

Uma primeira possibilidade é comparar o pensamento de Tomás Antônio Gonzaga com o de um contemporâneo seu, Antonio Ribeiro dos Santos[23]. Santos formou-se como bacharel no curso de Cânones em 1768, alguns anos antes

....

23. Suas idéias foram retiradas do livro de José Esteves Pereira, *O pensamento político em Portugal no século XVIII: Antonio Ribeiro dos Santos*, Lisboa: Imprensa Nacional/Casa da Moeda, 1983.

de Gonzaga. Em 1778, foi convidado, junto com Pascoal José de Melo Freire, para integrar o corpo da Academia das Ciências. Foi a partir dali que ele passou a contribuir para a reforma dos estudos de Coimbra, com a participação na elaboração do texto do Compêndio Histórico. Mais tarde, envolveu-se em polêmica com Melo Freire, encarregado da confecção do Novo Código de Direito Público (a reforma do livro II das Ordenações Filipinas), sobre o conteúdo desse corpo de leis. Por meio dessa discussão, podemos retornar às questões de Gonzaga.

Ribeiro dos Santos concebe a religião natural como corretivo da imperfeição humana; por isso, a ordem natural seria o fundamento para manutenção da ordem social. Ele segue a tradição de Grotius e Pufendorf no que se refere à conveniência de uma lei adequada à natureza do homem. Quanto à fundamentação do poder, se atém a princípios teológicos, interpretando o direito natural moderno à luz de Heineccius. Até o momento, portanto, as convicções de Gonzaga em pouco diferem das de Ribeiro dos Santos.

Quanto à polêmica com Melo Freire, Santos estava preocupado com a participação das classes sociais no quadro das Ordens; ou seja, ele pensava nas possibilidades de invocação das Cortes, tentando articular o pombalismo com a crescente expressão política de determinados grupos sociais. Assim, discordava de Melo Freire, que condenava veementemente a convocação das cortes. Além disso, Ribeiro dos Santos chama a atenção para a importância do poder legislativo, não indo contra o direito de soberania de fazer leis, mas apurando a necessidade de modificação de certas regras e condições de acordo com as circunstâncias. Aqui, ele novamente discordava de Melo Freire, que havia defendido no projeto a exclusividade do imperante nessas questões.

Há ainda outros pontos: Ribeiro dos Santos defendia a delimitação do privilégio, a inconveniência de o rei ser legislador e juiz, a necessidade de uma estrutura constitucional, a simplificação da legislação, o fim da utilização do direito romano etc. Várias dessas questões, além de serem contrárias às defendidas por Melo Freire, são também distintas das de Tomás Antônio Gonzaga. Este, por exemplo, define o privilégio como algo atribuído exclusivamente pelo soberano, concedendo-o ou retirando-o da forma como bem entender. Qualquer outra instituição que limitasse o poder executivo também seria criticada por Gonzaga, como a convocação das Cortes.

Ribeiro dos Santos parte, no entanto, dos mesmos fundamentos jusnaturalistas para construir suas visões sobre a política, a sociedade. Mas chega a conclusões diferentes, e nem por isso deixa de ser um funcionário a serviço do governo e da implementação das idéias introduzidas com o governo de Pombal. O exemplo de Melo Freire e Antonio Ribeiro dos Santos, por si só, já seria suficiente para concluir que nem todos tinham as mesmas idéias sobre o poder dos reis, o papel do poder legislativo etc. Sendo assim, pode-se admitir a existência de concepções antagônicas convivendo e disputando-se no interior da doutrina oficial.

Exatamente por isso o papel da interpretação na prática jurídica foi cuidadosamente discutido nesse período. Para os arquitetos da reforma pombalina, era fundamental delimitar ao máximo o corpo de leis que servia como base para tomada de decisões e também estabelecer em que consistia a atividade de interpretação, já que "aquilo que os juristas entendem ser o direito vigente, objeto do seu trabalho construtivo, está longe de coincidir com aquilo que o poder político autoritariamente lhes definira como tal"[24]. A solução para esse impasse seria mudar o corpo doutrinário dos juristas, adotando o *usus modernus pandectarum*, e amarrando as resoluções dos juízes à subordinação aos Assentos da Casa de Suplicação.

24. Hespanha, op. cit., p. 73.

Ainda no contexto da implementação das reformas jurídicas, esse método sofreu suas críticas. Ribeiro dos Santos não concordava com tamanho alcance dos Assentos, nem com a importância dada à Casa da Suplicação na formulação da interpretação ideal da lei. Concordando com Melo Freire nesse aspecto, acreditava que a atividade de interpretação era parte da lei, e que portanto só aquele que tinha o poder de determinar a lei – o governante – podia interpretar. Esse procedimento, no seu entender, levava a uma maior segurança dos súditos, porque seria impossível prever se a leitura dos magistrados seria conforme à do legislador[25].

A questão básica dessa discussão refere-se à possibilidade de prever se a interpretação da lei sempre será feita de acordo com os ideais então fixados. Ou melhor: o objetivo é o de garantir, para o futuro, a manutenção dos pressupostos jurídicos firmados com o pombalismo. Havia discordâncias quanto à maneira de fazer isso, como vimos. Mas há outro problema que perpassa este: era possível, segundo os textos contemporâneos, unificar completamente a interpretação das leis? Há um trecho dos Estatutos que diz respeito ao assunto:

> § 4: Não haverá sistema algum filosófico a que ele (professor) inteiramente subscreve na exploração e demonstração das leis naturais, antes pelo contrário, a filosofia que ele deverá seguir será propriamente a eclética. § 5: Não haverá autor que sirva de texto, exceção de Grócio e Pufendorf (...). Sim respeitará o professor a sua autoridade, como dos primeiros mestres desta disciplina, mas nem ela fixará o seu ascenso, nem porá grilhões ao seu discurso. § 6: Como cidadão livre do império da razão, procurará o professor a verdade, a ordem, a dedução, o método e a demonstração, onde quer que a achar. § 7: O código da humanidade será somente o autêntico dos preceitos que a natureza escreveu nos

....

25. "Que fiador têm os povos de que os magistrados pensaram como pensou o legislador?", José Esteves Pereira, *O pensamento político em Portugal no século XVIII*, Lisboa: Imprensa Nacional/Casa da Moeda, 1983, p. 346.

corações dos homens, será unicamente o que nesta jurisprudência tenha força e autoridade de lei.[26]

A interpolação básica que se poderia propor a esse raciocínio é que uma coisa são as aulas dadas pelo professor, outra é a validade das interpretações feitas pelos magistrados. O que quero argumentar, no entanto, é que se a forma como o ensino foi ministrado foi, a princípio, relativamente livre, tornou-se possível que se construíssem diferentes visões acerca do direito natural e até mesmo das possibilidades de interpretação em diferentes casos. O que os professores e seus alunos, futuros magistrados, entenderam por "boa razão" também pode ter variado[27]. Apesar da determinação em circunscrever as posições, o próprio texto dos Estatutos servia como base para elaboração de posições diversas.

Aqui talvez tenhamos chegado à chave para o entendimento de algumas das posições políticas de Tomás Antônio Gonzaga. Podemos chegar à conclusão de que, embora defendendo opiniões diversas das oficiais, isso não significa que ele fosse, naquele momento, contrário ao regime. Ao contrário, havia espaço, deixado pelos próprios textos pombalinos, para esse tipo de posição: a igualdade de opiniões passava ao largo da formação dos magistrados portugueses da segunda metade do século XVIII.

....

26. Estatutos da Universidade de Coimbra, cap. V, apud José Arriaga, *A filosofia portuguesa, 1720-1820*, Lisboa: Guimarães, 1980, pp. 127-8.

27. Pesquisas recentes mostram, no entanto, que isso poucas vezes aconteceu, e o uso da "boa razão" foi feito de forma semelhante pelos contemporâneos à promulgação da lei. Ver, a respeito, Arno Wehling e Maria José Wehling, "Cultura Jurídica e Julgados do Tribunal da Relação do Rio de Janeiro: a invocação da Boa Razão e o uso da doutrina. Uma amostragem", in Maria Beatriz Nizza da Silva (org.), *Cultura portuguesa na Terra de Santa Cruz*, Lisboa: Editorial Estampa, 1995, pp. 240-7; Keila Grinberg, *O fiador dos brasileiros: cidadania, escravidão e direito civil no tempo de Antonio Pereira Rebouças*, Rio de Janeiro: Civilização Brasileira, 2002.

Quem for ler o *Tratado de direito natural* procurando encontrar as idéias do inconfidente Tomás Antônio Gonzaga levará um susto; não só não as encontrará, como, conforme visto anteriormente, achará um Gonzaga diferente, moderado, que tenta conciliar a monarquia e as prerrogativas do rei com os fundamentos do direito natural. Muitos atribuíram essas posições políticas a uma estratégia para conseguir o lugar de professor na Faculdade de Leis de Coimbra: Tomás Antônio Gonzaga teria defendido idéias com as quais, no fundo, não concordava. É até possível que assim tenha sido. Mas creio que a análise pode render melhores frutos se seu pensamento não for considerado de forma estanque; o Gonzaga de 1772 não pensava necessariamente da mesma forma que o Gonzaga de 1789. O futuro autor das *Cartas chilenas* pode muito bem ter assumido posições que, posteriormente, veio a criticar.

É nesse sentido que reside um dos aspectos mais fascinantes do *Tratado de direito natural*: para além do diálogo com as principais questões de sua época, a obra é, também, um diálogo entre os vários tempos do pensamento de Tomás Antônio Gonzaga.

KEILA GRINBERG

Referências bibliográficas

ARRIAGA, José. *A filosofia portuguesa, 1720-1820*. Lisboa: Guimarães, 1980.

CAENEGEM, R. C. van. *Uma introdução histórica ao direito privado*. São Paulo: Martins Fontes, 1995.

CANDIDO, Antonio. Os poetas da Inconfidência. *IX Anuário do Museu da Inconfidência*. Ouro Preto: Ministério da Cultura, 1993.

CASSIRER, Ernest. *A filosofia do Iluminismo*. Campinas: Editora da Unicamp, 1994.

FRANCO, Afonso Arinos de Melo. *Terra do Brasil*. São Paulo: Cia. Editora Nacional, 1939.

FURTADO, Júnia (org.). *Diálogos oceânicos*. Belo Horizonte: UFMG, 2001.

GONÇALVES, Adelto. *Gonzaga, um poeta do Iluminismo*. Rio de Janeiro: Nova Fronteira, 1999.

GONZAGA, Tomás Antônio. *Obras completas*. São Paulo: Cia. Editora Nacional, 1942.

_____. *Tratado de direito natural*. Rio de Janeiro: MEC/INL, 1957.

GROOT, Huig de. *Sobre o direito da guerra e da paz*. 1623.

HAZARD, Paul. *El pensamiento europeo en el siglo XVIII*. Madrid: Alianza Editorial, 1991.

HEINECCIUS, Johann Gottlieb. *Elementos de filosofia moral*.

HESPANHA, Antonio Manuel. "Sobre a prática dogmática dos juristas oitocentistas". In: *A história do direito na história social*. Lisboa: Livros Horizonte, 1978.

MACHADO, Lourival Gomes. *Tomás Antônio Gonzaga e o direito natural*. Rio de Janeiro: MEC, 1953.

MAXWELL, Kenneth. *A devassa da devassa: a Inconfidência Mineira, Brasil e Portugal, 1750-1808*. São Paulo: Paz e Terra, 1985.

MOTA, Carlos Guilherme. *Atitudes de inovação no Brasil (1789-1801)*. Lisboa: Livros Horizonte, s/d.

PEREIRA, José Esteves. *O pensamento político em Portugal no século XVIII: Antonio Ribeiro dos Santos*. Lisboa: Imprensa Nacional/Casa da Moeda, 1983.

PUFENDORF, Samuel de. *Sobre o direito da natureza e das gentes*. 1672.

SILVA, Nuno Espinosa Gomes. *História do direito português; fontes de direito*. Lisboa: Fundação Calouste Gulbenkian, 1991.

TEIXEIRA, Antonio Braz. *O pensamento filosófico-jurídico português*. Lisboa: ICLP, 1983.

Cronologia

1623. Publicação de *Sobre o direito da guerra e da paz*, de Hugo Grotius (1583-1645).
1672. Publicação de *Sobre o direito de natureza e das gentes*, de Samuel Pufendorf (1632-1694).
1744. Nascimento de Tomás Antônio Gonzaga na cidade do Porto, em Portugal, no dia 11 de agosto; filho do brasileiro Dr. João Bernardo Gonzaga e de D. Tomásia Isabel Clark.
1750. Início do reinado de D. José I e do governo do Marquês de Pombal.
1751. Tomás Antônio Gonzaga muda-se para Pernambuco com seu pai e seu irmão.
1759. Tomás Antônio Gonzaga transfere-se para a Bahia com seu pai e seu irmão.
1761. Tomás Antônio Gonzaga retorna a Portugal.
1763. Tomás Antônio Gonzaga inicia o curso de Direito da Universidade de Coimbra.
1768. Criação da Real Mesa Censória pelo Marquês de Pombal. Criação da Imprensa Régia em Lisboa.
Formatura de Tomás Antônio Gonzaga em Direito na Universidade de Coimbra.
1769. Lei da Boa Razão.
1770. Elaboração do *Compêndio histórico da Universidade de Coimbra*, relatório geral da Junta Providência Literá-

ria que comunicava ao rei os "malefícios" das atividades jesuíticas.
1772. Suposto ano de redação do *Tratado de direito natural* por Tomás Antônio Gonzaga.
Instituição da cadeira de Direito Natural na Universidade de Coimbra.
Promulgação dos novos Estatutos da Universidade de Coimbra.
1777. Queda do Marquês de Pombal; início do reinado de D. Maria I em Portugal.
1778. Tomás Antônio Gonzaga é nomeado juiz de fora na cidade de Beja; exerceu o cargo até 1781.
1782. Tomás Antônio Gonzaga é indicado para ocupar o cargo de Ouvidor-Geral na comarca de Vila Rica (atual Ouro Preto) na Capitania de Minas Gerais.
1783. Nomeação de Luís da Cunha e Meneses para o cargo de governador e capitão-general de Minas Gerais.
1785. Tradução para o português de *Elementos da filosofia moral*, de J. G. Heineccius.
1787. Reforma do sistema censório português, com a criação da Comissão Geral para o Exame e a Censura dos Livros.
1789. Inconfidência Mineira. Tomás Antônio Gonzaga é preso e remetido para o Rio de Janeiro.
1792. Publicação da primeira parte da obra *Marília de Dirceu (23 liras)*, de Tomás Antônio Gonzaga, em Lisboa, pela Impressão Régia.
Tomás Antônio Gonzaga parte para o desterro em Moçambique. Lá casa-se com Juliana de Sousa Mascarenhas, com quem tem um casal de filhos.
1799. Publicação da segunda parte da obra *Marília de Dirceu (32 liras)*, em Lisboa, pela Impressão Régia.
1810. Publicação da primeira edição brasileira de *Marília de Dirceu*, em três volumes, pela Impressão Régia.
Falecimento de Tomás Antônio Gonzaga na Ilha de Moçambique em fevereiro, onde cumpria pena de degredo.

Nota à presente edição

As obras completas de Tomás Antônio Gonzaga foram publicadas pela primeira vez em 1942, em edição crítica organizada por Rodrigues Lapa. Em 1957, as obras completas ganharam uma segunda edição, livre, segundo o organizador, das imperfeições que caracterizaram a primeira. A presente edição do *Tratado de direito natural* segue esta edição mais recente, cujas notas de pé de página, salvo indicação em contrário, foram elaboradas pelo próprio Gonzaga.

Dedicado ao Marquês de Pombal, Tomás Antônio Gonzaga também escreveu um poema em sua homenagem, congratulando-o pela reforma da Universidade. Não há informações, no entanto, a respeito do recebimento do texto por parte de Pombal.

Na carta ao rei de Portugal – D. José I – que segue a dedicatória, fica clara sua pretensão em conseguir o cargo de professor da Faculdade de Leis de Coimbra. Talvez por não tê-lo conseguido, Gonzaga, anos mais tarde, celebrou a "Viradeira", ascensão ao poder de D. Maria I, escrevendo o poema "Congratulação com o povo português na feliz aclamação da mui alta e soberana d. Maria I, nossa senhora". Por conta da posterior atividade política no período da Inconfidência Mineira, há quem considere a dedicatória a Pombal, a carta ao Rei e as considerações sobre a monarquia destituídas de sinceridade, mas não há elementos que comprovem essa opinião.

TRATADO DE DIREITO NATURAL

Oferecido ao Ilmo. e Exmo. Sr. Sebastião José de
Carvalho e Melo, Marquês de Pombal,
do Conselho de Sua Majestade Fidelíssima
e seu Ministro de Estado, alcaide-mor de Lamego,
senhor donatário das vilas de Oeiras, Pombal,
Carvalho e Cercosa e dos reguengos e direitos
reais de Oeiras, comendador de Santa Maria da
Mata de Lóbos e de S. Miguel das Três Minas,
na Ordem de Cristo, etc., etc.

por

TOMÁS ANTÔNIO GONZAGA

Opositor às cadeiras na Faculdade de Leis, na
Universidade de Coimbra

Ilmo. e Exmo. Senhor

Depois de intentar sair à luz com uma obra que toda se encaminha a instruir os meus nacionais nos santos direitos a que estão sujeitos, já como homens, já como cidadãos, a quem, Senhor, a quem poderia buscar por patrono dela senão ou ao REI, em cujas mãos depositou Deus o cuidado deles, ou a aquele varão sábio, prudente e justo, de quem fiou o mesmo REI uma grande parte da sua direção? Eu me persuadi que não devia aparecer em público obra alguma que se encaminhasse a semelhante fim, em cujo frontispício se não lesse o nome do Soberano ou o de Vossa Excelência, para se mostrar assim que, se há instrução que não nasça de semelhantes fontes, não há contudo alguma que apareça sem ser debaixo da sua aprovação e do seu amparo.

Esta razão, sendo forte, não foi a única que tive para fazer a V. Exa. esta humilde oferta. Também, Senhor, também me estimulou o espírito da gratidão. Todos sabem ser desejoso do crédito dos seus nacionais, os estimulou aos estudos dos Direitos Naturais e Públicos, ignorados se não de todos, ao menos dos que seguiam a minha profissão, como se não fossem sólidos fundamentos dela. E sendo eu um dos que me quis aproveitar das utilíssimas instruções de V. Exa. fora ingratidão abominável o não lhe retribuir ao menos com os frutos delas.

Pudera também, como um dos da República, alegar aqui os benefícios que ela tem recebido da liberal mão de V. Exa, para firmar melhor a minha obrigação. Sim, podia trazer à memória a disciplina das tropas, o aumento das armadas, o estabelecimento das fábricas, as justas leis, e outros muitos fatos dignos de V. Exa., e como tais merecedores de uma eterna lembrança; mas, Senhor, como não posso fazer uma perfeita narração deles, passo tudo em silêncio, contentando-me com mostrar que o sei reconhecer.

Suplico pois a V. Exa. se digne de aceitar o presente livro, e quando não seja porque assim o mereça o meu pequeno trabalho e o meu grande desejo, seja ao menos porque nisso interessa a pública utilidade, de quem V. Exa. se mostra o mais amante e o mais zeloso. Quem haverá que, depois de ver que V. Exa. se agrada do mal sazonado fruto da minha aplicação, se não lance, invejoso da minha fortuna, a compor outros de muito maior merecimento? Eu creio que ainda os inimigos das ciências e os menos ambiciosos de nome se esforçarão, só para mostrarem que pode neles mais o desejo de agradarem a V. Exa. do que os estímulos da própria natureza. Eu me alegrarei de ser a causa de uma tão louvável emulação, e sempre pedirei a Deus que conserve a V. Exa. dilatados anos, não só porque assim o pede a minha obrigação, mas porque assim também o deseja o afeto com que a razão e o discurso me incitam a venerar as pessoas da utilidade de V. Exa.

Beija as mãos de V. Exa.

O seu mais humilde criado

TOMÁS ANTÔNIO GONZAGA

Prólogo

Aqui te ofereço, Leitor, um livro que contém os princípios necessários para se firmarem neles as disposições do Direito Natural e Civil. Acharás nele uma coleção das doutrinas mais úteis, que andam dispersas nos autores de melhor nota.

Resolvi-me a dá-lo à luz, incitado de dois motivos: o primeiro foi o ver que não há na nossa língua um só tratado desta matéria, pois a tradução de Burlamaque, sendo mui difusa, não dá senão uma notícia dos primeiros princípios, o que ainda não o faz de todos. Esta falta me pareceu que se devia remediar; pois, sendo o estudo do Direito Natural sumamente útil a todos, não era justo que os meus nacionais se vissem constituídos na necessidade ou de o ignorarem ou de mendigarem os socorros de uma língua estranha.

O segundo motivo foi a necessidade que há de uma obra que se possa meter nas mãos de um principiante, sem os receios de que beba os erros de que estão cheias as obras dos naturalistas que não seguem a pureza da nossa religião. Sim, não lerás aqui os erros de Grócio, que dá a entender que os cânones dos Concílios podem deixar de ser retos; que estes e o Papado pretendem adulterar as primeiras verdades. Não verás chamar aos Padres do Concílio "satélites do Pontífice", como verás nas notas ao mesmo Grócio. Não ouvirás dizer que o matrimônio é dissolúvel em quanto ao vínculo, como em Pufendórfio. Não lerás que as Leis Divinas não obrigam antes a morrer do que a quebrá-las no foro externo; e menos que é lícito em muitos casos o matar cada um a si próprio diretamente, o que supõem ser lícito em alguns, como lerás em Tomás Cristiano. Nem também seguir que o matrimônio não é sacramento, e que, se o é, que ele se acaba, dissolvido o contrato, como lerás em Cocceo e Grócio. Enfim, outros muitos erros destes e de outros autores, que um principiante não sabe conhecer, e lhe custará depois o deixá-los.

Se disseres que nada do que eu digo é meu, para me tirares a glória de ser eu o primeiro que escrevo nesta matéria entre os portugueses, ao menos não me negarás que li o que talvez não terias feito em idade mais avançada, tendo talvez para isso razões a que ainda não me vejo sujeito.

Se quiseres também seguir a conduta dos que imaginam que não podem fabricar o seu trono, se não o firmarem nas ruínas dos outros, segue o teu gênio muito embora, que eu te seguro não te responder uma só palavra; porque, se for justa a tua censura, amo a verdade, e não cairei no novo erro de a pretender iludir; se não o for, como todos conhecerão a tua sem-razão, não gastarei em mostrá-la o meu precioso tempo.

VALE

Introdução

Deus, que fez todas as coisas, para o fim de receber delas uma glória acidental, havia fazer alguma dotada da capacidade precisa para o conhecer. Que glória receberia Deus da criação de tantos entes quantos concorrem para a composição desta grande fábrica do mundo, se entre todos não houvesse algum que pudesse reconhecer a sua sabedoria, a sua majestade e a sua onipotência? A mesma que teria, se não os tirasse do nada; pois é bem certo que a glória de Deus acidental consiste em patentear ao criado as suas perfeições, para receber dele o culto que como tal exige. Criou pois ao homem e o dotou de um princípio inteligente, proporcionado a tão grande fim; mas, como a glória de um Deus infinito não devia ser finita, ele o destinou para o Céu, propondo-se assim primariamente o receber dele um louvor eterno, e secundariamente o dar-lhe também a glória que há de naturalmente resultar da visão de um ente sobre tudo grande, sobre tudo perfeito[a].

....

(a) Os cirenaicos puseram a felicidade do homem no apetite torpe dos sentidos. Epicuro a pôs também no apetite; mas este, como querem alguns, não o tomou pela recreação torpe, porém sim pela isenção das perturbações e dores. Os estóicos a puseram em viverem conformes à virtude, ao que chamaram "sapiência". Os peripatéticos em viverem conforme à natureza. Enfim, Santo Agostinho, cap. 2, De Civit. Dei, conta, tiradas de Varro, duzentas e oitenta e oito opiniões de filósofos antigos sobre a verdadeira felicidade do homem.

1. Para conduzir o homem a este fim, infundiu no seu coração as leis pelas quais se devia guiar. Deu-lhe a liberdade, para conformar ou não conformar com elas as suas ações. Enfim, fez tudo o que era necessário para que o homem se fizesse merecedor de uma glória eterna ou de um eterno castigo[b].
2. A coleção pois destas leis, que Deus infundiu no homem para o conduzir ao fim que se propôs na sua criação, é ao que vulgarmente se chama Direito Natural, ou Lei da Natureza, porque elas nos são naturalmente intimadas por meio do discurso e da razão. Mas estas leis não são bastantes para o sossego e quietação do homem. Sim, ele perdeu a justiça e a inocência com o pecado do primeiro pai. Daqui se seguiu a sua dissolução; e como a lei natural o não intima com castigos visíveis, executaria livremente toda a qualidade de insultos que lhe pedissem seus apetites torpes e depravadas paixões. Ora isto estava pedindo o remédio de umas leis tais, que, estimulando aos bons e atemorizando aos maus, conciliassem entre todos a união e a paz.
3. Como no estado natural não podiam haver estas outras leis, pois a Natureza, que a todos fez iguais, não deu a uns o poder de mandarem nem pôs nos mais a obrigação de obedecerem, aprovou Deus as sociedades humanas, dando aos sumos imperantes todo o poder necessário para semelhante fim[c]. A coleção

....

(b) Nem porque o homem pode obrar mal, havemos negar que Deus o criou para o fim de receber glória dele; pois ainda que o homem, quando obra mal, tanto não dá glória a Deus, que antes o ofende, contudo as mesmas obras más sempre dizem em si de algum modo respeito a Deus, pois Deus exalta a sua mesma glória, exercitando em castigá-las o atributo da justiça.

(c) Não dizemos que as sociedades se introduziram para o fim de se gozar da justiça, mas só que Deus as aprovou para ele; porque é coisa mui duvidosa qual fora a causa eficiente das cidades, como em seu lugar veremos.

das leis, que provêm deste direito, é ao que chamamos Direito Civil, pois que elas não provêm da Natureza, que obriga a todos como homens, mas só da sociedade, que obriga aos que nela vivem, como cidadãos.

4. Exposto assim que os homens vivem sujeitos às leis de um superior, é bem certo que eles não poderão praticar muitas ações, que lhes seriam concedidas no estado da Natureza. Sim, ainda que a lei civil não pode mudar a lei natural naquela parte em que manda e em que proíbe, pode contudo e a tem, de fato, coartado em algumas em que somente permite ou concede. Daqui vem que não devemos explicar e ensinar a lei natural da forma que a podíamos cumprir no estado de liberdade, mas sim como a podemos e devemos cumprir no presente estado da sujeição civil. Assim o farei, entregando primeiramente neste livro os princípios de um e outro direito.

PARTE I

DOS PRINCÍPIOS NECESSÁRIOS PARA O DIREITO NATURAL E CIVIL

CAPÍTULO 1

Da existência de Deus

Ainda que não haja uma só causa, de que não se deduza a existência de Deus, Epicuro, Espinosa e outros ímpios que se compreendem no genérico nome de "ateus", negaram detestavelmente esta incontrovertível verdade. Este erro é o mais nocivo à sociedade dos homens, pois os deixa despidos de qualquer obrigação, à semelhança dos brutos, a quem fez a Natureza destituídos do discurso e da razão. Que coisa mais necessária para a honestidade da vida que o reconhecermos que há de haver um juiz a quem não engana o oculto, as ações torpes ofendem e as virtudes agradam[1]? Seria o mundo um abismo de confusões e desordens, se, tirado o temor do castigo, só servisse de regra às ações do homem a sua própria vontade. Como pois a existência de Deus é a base principal de todo o Direito, será justo que a mostremos com razões físicas, metafísicas e morais.

    1. Uma demonstração física da existência de Deus é a necessidade que temos de um Ente, em que tenham princípio todas as coisas que vemos, pois, como não podiam dar a si próprias o ser, havemos necessariamente confessar que há um princípio incriado, causa da existência de todas. Esta verdade se faz evidente

---

1. D. Ambros., De Offic., lib. I, cap. 26, De Nat. Dei, cap. 8.

por meio da seguinte reflexão. Ou na coleção geral das causas de que tudo procede se dá uma causa incriada, ou todas são criadas. Se se dá uma causa incriada, há Deus; se não há causa incriada, então ou todas são criadas por si mesmas ou por outra que exista fora de semelhante coleção. Por si próprias não pode ser, pois ninguém pode ser causa da sua mesma existência; por outra, menos, pois fora da coleção de todas não a devemos admitir. Logo, na coleção de todas há uma causa incriada, de quem as mais recebem o primeiro ser.

2. A segunda demonstração não é menos evidente. Ou nós havemos admitir que todos os entes que existem são contingentes, ou havemos confessar que há um princípio necessário, causa da existência dos mais. Se admitimos um princípio necessário, confessamos a Deus; se dizemos que todos são contingentes, então havemos conceder que eles puderam em algum tempo não existir. E que absurdo se segue de semelhante conseqüência! Nada menos se segue do que pormos todos os entes que atualmente existem impossíveis de existirem. Façamos palpável esta verdade.

3. Concedido que todos os entes que existem são contingentes, havemos de confessar que eles em algum tempo não existiram, pois que, se dissermos que não tiveram princípio, passávamos a fazê-los, de contingente, necessários[2]. Isto é uma verdade que qualquer alcança. Como poderemos dizer que um ente pode existir, ou não existir, que é a natureza do contingente[3], sem que o consideremos em algum tempo não existindo? Logo, se houve tempo

---

2. Hein., De Offic., lib. I, cap. 4, § 2.
3. Hein., Elem. Mor., Part. I, cap. 3, Sect. 2, § 76.

em que eles não existiram, é bem certo que nem hoje poderiam existir; pois que nem se poderiam tirar a si próprios do nada, nem podemos fazer a todos necessários, estando nós vendo o princípio e o fim de muitos. Eles na verdade existem, logo havemos admitir um princípio necessário, causa da sua existência.

4. Como toda a força das presentes demonstrações se firma no princípio de que "ninguém pode ser causa da sua própria existência", não será estranho que mostremos a evidência de semelhante regra. E que mais é necessário que refletirmos nas qualidades do producente e do produzido? Todo o producente há de ser anterior ao produzido em tempo e em natureza; da mesma forma todo o produzido deve se posterior ao producente na mesma natureza e tempo; logo, nenhum ente pode ser causa da sua própria existência; porque repugna que possa ser, como producente, anterior a si mesmo, como produzido; e como produzido, posterior a si mesmo, como producente. Além de que o ente físico só pode ter princípio em outro ente que fisicamente exista. Daí vem que os entes físicos não podem receber de si próprios o primeiro ser; pois antes que o recebessem, ainda não eram entes que o pudessem dar[4].

5. Epicuro, imaginando que a matéria não se podia tirar do nada, a fez eterna, e a formação do mundo procedia de um acaso. Esta doutrina é na verdade indigna de um animal dotado de razão. Se a matéria fosse eterna, tinha as propriedades de Deus; e como as poderemos dar a um ente corpóreo? Este, por sua natureza, é composto, mudável e corruptível[5], pro-

---

4. Grot., De Veritat. Relig. Christ., lib. I, § 2.
5. Hein., Philos. Mor., Part. I, cap. 2, Sect. 2, § 45.

priedades⁽ᵃ⁾ que totalmente repugnam à essência perfeitíssima de Deus. Além do que, se o acaso não é ente algum que tenha ser, como poderia receber dele o mundo a sua formação?

6. Para conhecermos mais o quanto é sem fundamento esta opinião de Epicuro, não é necessário mais do que fazermos a seguinte reflexão: se apenas vemos um relógio, ou outra máquina, não a podemos atribuir ao acaso, mas logo conhecemos que houve um artífice que a fabricou, como poderemos olhar para a máquina do mundo, tão superior a todas, sem que vejamos no conhecimento que havia haver um autor sumamente sábio e sumamente poderoso que a fizesse[6]? Este argumento não só se pode tirar da perfeição com que estão dispostas as partes desta grande máquina, mas também do movimento delas. É porventura o movimento alguma coisa essencial da matéria? Certo que não, pois nós a podemos conceber sem ele. Ora se um corpo, a não ser animado de um princípio espiritual, não se pode mover sem que haja uma causa externa que o agite, como se poderão mover o Sol, a Lua e todos os mais planetas, sem concedermos um princípio externo, causa do movimento de todos[7]?

....

(a) Que a criação não se podia fazer de nada, seguiu também Platão; porque admitiu que havia dois princípios eternos, um Deus, outro a matéria, independentes um do outro. Os estóicos também admitiram os mesmos princípios. Eles julgaram que Deus era um fogo artificial; e que, agitando a matéria conforme as leis do Fado, formara os Astros em que infundiu partes do fogo; e que estes, ficando por isso Deuses, formaram depois o ar, o fogo, etc. (Moshemius, Ad Luduvorth. Syst., cap. 4, § 25). Aristóteles também seguiu o sistema dualístico e pôs ao primeiro móvel ligado ao primeiro céu, dizendo que nada mais podia fazer do que tinha feito, em dar o movimento à matéria (Vern., Appar. ad Philos. et Theol., P. I., lib. I, p. 62).

6. Cícer., De Nat. Deor., lib. 2, cap. 5; Coc. Ad Grot., in Prolog., § II; Derhamus, Theol. Phis.; Niavent., De Exist. et Atribut Dei.

7. Cocceo, ad Grot., in Prolog., § II.

7. Da história manifestamente consta que o mundo foi criado em tempo; e posto que a história digna de crédito se não estenda além de Nino[(b)], contudo nós havemos de julgar que esta história e notícia se conservou sempre pura por tradição desde o primeiro homem. Os princípios das cidades e dos impérios, as origens das ciências, os primeiros descobrimentos das artes, enfim a mesma multiplicação dos homens não nos estão dando um fiel testemunho desta verdade? Só duvidará dela quem não refletir em que o aumento de aumento de uma coisa é uma prova evidente do seu princípio; logo, se o gênero humano foi criado em tempo, é certo que ele teve autor.

8. Aquela persuasão, que tiveram sempre, e que têm todos os povos em matéria de suma e gravíssima importância, se deve ter por verdade; e quem negará que em todos os tempos, entre todos os povos, sempre foi constante a persuasão que homens tiveram da existência de Deus? Dos antigos nos são testemunhas Sócrates[8], Sexto Empírico[9], Sêneca[10], Cícero[11] e outros; das nações que existem, os tártaros, os cafres, os gentios da América setentrional e meridional e todas as nações mais bárbaras que se têm descoberto, não duvidam desta verdade. Logo, se em todos os tempos foi constante a persuasão que os homens tiveram da existência de Deus, não podemos deixar de confessar que

....
(b) As histórias assíricas, e outras, que são alguma coisa anteriores a Nino, são totalmente indignas de crédito, pelas muitas fábulas de que se convencem estar cheias.
8. Vern., Appar. Ad Philo. et Theol., Part. I, lib. I, cap. 37.
9. Sexto Empír., lib. 2, Advers. Mathemat.
10. Sênec., Epist. 117.
11. Cícer., lib. I, De Nat. Deor.

há uma causa universal que assim o mostra, pois que a devemos conceder todas as vezes que os homens convêm geralmente em uma só coisa[12]. E qual pode ser a causa universal, que assim o mostre, a não ser uma revelação de Deus, conservada por uma sucessiva tradição, ou a voz da Natureza, que não engana[13]?

9. Outra prova tem qualquer pessoa em si mesma: quem haverá que nos perigos não recorra naturalmente a Deus? Os mesmos que se confessavam ateus, e têm assim praticado em semelhantes ocasiões, se algum nega a Deus, não é porque a razão assim lho dite; mas sim por vício da vontade, para que possa mais livremente executar os seus péssimos apetites. Dado porém que ainda hajam homens tão bárbaros, que não o confessem, poderemos contudo dizer que o seu conhecimento não provém a todos por meio da razão? De nenhuma forma: quem negará que o alimentar aos filhos é um direito, que ensina a Natureza até aos brutos, posto que hajam pais que os desprezem para melhor gozarem do depravado uso das suas liberdades? Assim pois nos bastará também que em todos os tempos, e entre todos os povos, sempre fosse constante e confessada a existência de Deus pelos mais sábios, pelos mais pios, e enfim pela torrente de todos, para que não duvidemos desta verdade.

10. É bem patente a todos que nós temos um princípio espiritual, que nos anima, pois conhecemos infinitas coisas; e este conhecimento não pode provir da ma-

....
12. Cocceo, ad Grot., Disert. Proem. XII, lib. I, cap. 4, § 58.
13. Jaquilácio, De Exist. Dei; Genuense, Element. Metaphys., tomo 3, in Apend. ad., cap. I.

téria, como julgaram alguns filósofos[c] antigos; porque, se as afeições de um corpo não podem provir senão da diversa configuração e movimento das partes, não podemos conceber movimento e configuração alguma, de que possa resultar a propriedade de conhecer[14]; logo, se temos um princípio espiritual que nos anima, bem certo fica que este não há de proceder senão de outro princípio espiritual. Nós havemos de dizer que este procede de um e aquele de outro? Não, pois repugna à razão o admitirmos um processo infinito[15]; não havemos também dizer que estes se deram a si próprios o ser, pois que igualmente implica, como já mostramos; logo, havemos confessar que há de haver um princípio espiritual necessário, causa de todos os entes espirituais voluntários.

....

(c) Os ginosofistas disseram que as nossas almas eram materiais, pois julgaram que Deus era um fogo; e que estas não eram outra coisa, senão uma porção dele (Vern., Appar. ad Phil., part. I, lib. I, p. 20). Os estóicos julgaram o mesmo, só com a diferença que os ginosofistas fizeram a Deus um fogo intelectual, e estes artificial (Laerc., lib. 7, Sect. 55, Sênec., Epist. 106 e 113; Lipsius, De Philos. Stoic., lib. 2).

14. Hein., Philos. Mor., Part. II, cap. 2, Sect. II.
15. Hein., De Offic., lib. I, cap. 4, § 2.

CAPÍTULO 2

Da existência do direito natural

Não faltou também quem negasse a existência do Direito Natural[a]. Este erro não é menos nocivo à sociedade humana que a péssima doutrina dos ateus. Que diverso efeito podemos considerar entre o não admitirmos um Deus, princípio de tudo, ou admiti-lo, negando a sujeição às suas importantes leis? Se ainda hoje não basta a certeza e o temor

....

(a) Eufemo disse que só a utilidade podia ser a regra do justo (Lib. I, apud Tucididem); e o mesmo seguiu Epicuro. Da doutrina destes trata Horác., lib. I, Sat. 3. Aristipo Cirenaico julgou que nada era lícito ou ilícito, porque assim o fizesse a Natureza, mas sim por lei ou costume (Dióg. Laérc., lib. 2), se bem que Vercei, App. ad Phil. et Theol., p. 37, lib. I, Part. I, diz que se não sabe se falou da lei natural ou civil, pois que não aparecem os seus escritos. Tomás Obésio, filósofo inglês, diz que antes que os homens se ligassem com pactos, era lícito a qualquer ofender a outro, como muito lhe parecesse; porque a Natureza, que lhe deu forças para obrar, lhe deu faculdade para executar tudo o que coubesse nos limites da sua capacidade; aliás, que seria contradição o dar-lhe forças, e o proibir-lhe o uso delas: idem Obés., De Civ., tit. Libertas, cap. I, art. I. Carnéado, filósofo platônico, disse que assim como aos brutos se não atribuía justiça, ainda que eles procuravam quanto lhes era necessário, assim também aos homens se não devia atribuir; acrescentando mais que, se os homens tivessem justiça, a esta não se podia chamar senão loucura; pois que se proibia o que a quisesse praticar da própria utilidade, só por servir a conveniência alheia. Assim o disse sendo enviado de Atenas em Roma, de onde foi por esta causa expulso, por conselho de Catão (Lactan., Instit. Divin., lib. 5, cap. 1; Plutarc., In Caton. Maior, p. 347).

da pena para desterrar a execução dos insultos, que fariam os homens, se se considerassem livres de semelhante jugo? Os poderosos, os iracundos, se armariam de ferro; tingiriam a todo o instante a terra com sangue dos inocentes e fracos; os pactos não teriam vigor; os estupros e os adultérios seriam contínuos; enfim, não se regeriam os homens senão pelos estímulos dos apetites do ódio e da ambição.

1. Ao homem de nenhuma sorte convém o viver sem lei[1]. Ele como não pode ser sumamente perfeito[b], há de desviar-se do caminho da retidão. Logo, carece de uma regra certa e infalível, que o dirija. É o homem o mais feroz de todos os animais[2]. Nele dominam as paixões das riquezas, da elevação e outras mais, que não achamos nos brutos. O seu juízo o fez mais apto para ofender aos seus inimigos e semelhantes[3]; e a não ter um jugo que o domasse, praticaria com eles à maneira dos peixes no mar, donde o maior devora ao mais pequeno.
2. A negarmos a necessidade desta lei, nos veremos obrigados a confessar que, ou são os homens sumamente perfeitos, pois não carecem dela, ou que as suas ações não diferem das ações dos brutos. E quem haverá que confesse que cabe nos homens o atributo de serem sumamente perfeitos, próprio somente de Deus, ou que as nossas ações são totalmente despidas de bondade ou maldade, como são as dos brutos, a quem somos tão superiores nas perfeições?

....

1. Pufend., De Jur. Nat., lib. 2, cap. I, § 2.
(b) Os beguardos disseram que o homem podia chegar a um tal grau de perfeição, que não fosse mais pecável. Isto está condenado na Clement., Ad nostrum de Haeret.
2. Hein., De Off., lib. I, cap. 2.
3. Hein., De Off. Hom. et Civ., lib. 1, cap. 3, § 5.

3. Depois de admitirmos o princípio certo de que há um Deus, autor de todas as coisas, havemos reconhecer uma total obediência às suas disposições[4]. Isto se tira bem da nossa dependência. Quem haverá que, raciocinando, não alcance que o ente que, tirando a sua coisa do nada, lhe pode dar o ser, esse mesmo o possa reduzir ao nada, de que o tirou? Se pois a nossa conservação está totalmente dependente da vontade de Deus, é bem certo que ele nos é superior; e que, como tal, nos pode prescrever leis, a que tenhamos, como inferiores e dependentes, a obrigação de nos sujeitarmos[5].

4. Mostrado assim que Deus nos pode pôr leis, e a obrigação que temos de cumpri-las, vamos a provar em como na verdade as pôs. Para virmos neste conhecimento, não nos será necessário mais do que refletirmos nos atributos de Deus e nas qualidades do homem; sim, Deus o dotou de um princípio inteligente; e por conseqüência capaz do conhecimento do bem e do mal. Este conhecimento o constitui apto para se governar por leis; ora Deus que o criou dotado desta aptidão, seria para lhe não dar as leis de que o criou capaz? Só assim o diria quem achasse que se pode pôr a Deus por autor de umas faculdades inúteis; quando repugna à natureza de um ente sumamente perfeito o obrar sem ser por algum fim; e o não chegar ao fim das coisas, para que desde o princípio as destinou[6].

5. Esta prova só bastava para virmos no claro conhecimento de que Deus nos deu lei; mas não fiquemos

....
4. Burlem., De Jure Nat., p. 2, cap. 1, § 2; Grot., De Jure Bel., Proem., § 12.
5. Hein., Ad Grot., De Jure Bel., in Prol., § 11.
6. Veja-se Cumberland, De Lege Natur., cap. 2, § 4.

aqui. Façamos outra reflexão na sua santidade. Deus, sendo um ente sumamente santo, não há de querer senão que as suas criaturas gozem a felicidade, de que fez capaz a sua natureza; logo, não há de querer que os homens concorram para a sua própria infelicidade. E não é isto uma lei, a que vivemos sujeitos? Só quem for tão ímpio que negue que a vontade do criador serve de lei às suas criaturas, se atreverá a negar. Daqui vem que, consistindo a felicidade na posse do bem, e na isenção do mal, não só não poderei ofender a mim próprio, mas nem maquinar aos meus semelhantes um mal e roubar-lhes o bem, quando sei que Deus quer que eles vivam na posse de um e na isenção do outro.

6. A exigência que tem o homem do seu semelhante é outra prova da vontade de Deus. Nasce um menino, sem capacidade de poder buscar o necessário para a sua conservação. É bem certo que Deus quer que ele se conserve, pois que disso depende a conservação do gênero humano, e por conseqüência a sua glória acidental. Ele não se pode conservar sem os socorros de outro. Logo, Deus há de querer que este concorra para a sua conservação, porque quem quer os fins, há de querer os meios para eles necessários. Ora Deus não há de querer que esta obrigação pertença geralmente a todos; sim, há de querer que ela pertença a quem foi o instrumento da sua existência, pois que os outros não estão sujeitos às pensões que provêm de um fato alheio, máxime enquanto existe a causa dele. Daí vem que Deus quer que o pai alimente ao filho, e temos vontade de Deus e por conseqüência lei[7].

----

7. Hein., Ad Grot., De Jure Bel., in Prol., § 16.

7. Samuel de Cocceo prova a vontade de Deus pelo mesmo fato da criação do homem; e na verdade, não há coisa que melhor prove a vontade de quem obra livre, do que é o seu próprio fato. Criou Deus ao homem e à mulher. Daqui se segue que Deus quis que eles se juntassem; e que não quis que ele se ajuntasse com outro homem, porque lhe criou companheiro de diverso sexo[8]. O mesmo Samuel de Cocceo o torna a provar do fim para que Deus os criou de sexos distintos. É bem certo que Deus criou os dois sexos, propondo-se o fim da propagação; logo, todas as vezes que usarmos dos nosso sexos de forma que não sirva para aquele fim, obramos contra o que Deus se propôs, e conseqüentemente contra a sua vontade[9].
8. Grócio faz outra prova do Direito Natural, tirada do apetite que temos de uma sociedade tranqüila. Heinécio explica este lugar de Grócio[10] do modo seguinte[11]. A sociedade tranqüila se compõe de uma união de vontades. A união das vontades por um pacto; o pacto não tem vigor, a não haver lei e direito, que exija a sua execução; logo, os homens têm direito, pois tendo apetite de uma sociedade tranqüila, não os havemos considerar despidos do que é necessário para a execução da mesma sociedade. Samuel de Cocceo refuta este fundamento, repreendendo a Grócio, a Cícero[12], a Aristóteles[13] e a outros mais antigos filósofos, que afirmaram haver entre os homens uma

---

8. Cocceo, Ad. Grot., Disert. Proem. 12, lib. 1, cap. 4, § 43.
9. Cocceo, Ad Grot., Disert. Proem. 12, lib. 1, cap. 4, § 45.
10. Grot., De Jure Bel. et Pac., in Proem., § 6.
11. Hein., Ad Grot., in Proem., § 6.
12. Cícer., De Offic., lib. 1, caps. 4 e 7; De Amic., cap. 5.
13. Arist., Moral, lib. 9, cap. 9; Polit., I, cap. 2.

sociedade geral, constituída pela Natureza. Eu porém mostrarei que, ainda que entre os homens falte a que tem uns nacionais com os outros, há contudo um natural apetite de nos fazermos sociáveis com os nossos semelhantes, em qual parte donde nos encontramos, e que esta natural sociedade não só é necessária, mas que dela se prova excelentemente a existência da lei. Mostraremos em como o homem naturalmente apetece a sociedade dos seus semelhantes, e que esta lhe é sumamente necessária.

9. Todo o animal, que é sumamente apetitoso da sua felicidade, deseja tudo, sem o que não pode viver feliz. O homem é animal apetitosíssimo da sua felicidade; logo, há de desejar tudo aquilo, sem o que não pode viver feliz. Ele não pode viver feliz sem ser por meio da sociedade com os seus semelhantes; logo, o homem não pode viver feliz sem a sociedade dos seus semelhantes, se prova da fragilidade da sua natureza. Que seria de um menino, de um enfermo e de um velho, se a mão piedosa de outro lhe não valera? A sua fraqueza é outra prova evidente de semelhante necessidade. É o homem o mais fraco de todos os animais; não tem armas naturais, como as feras, para destas se defender; e, a não ser a sociedade, ele seria o seu freqüente pasto; só por meio dela polimos as nossas potências, e reciprocamente nos ajudamos, fazendo-nos por isso superiores a todos. Mostrado pois assim que o homem seria infeliz fora da sociedade, vamos a ver como para esta nos é sumamente necessário o reconhecimento da lei.

10. Nós não podemos negar que Deus quer que nós a tenhamos; pois sendo um ente sumamente santo, há de querer tudo o que for necessário para conduzirnos à felicidade, de que nos julgou e fez capazes.

Ora Deus quer que eu viva sociável com o meu semelhante, para poder ser feliz; há de também querer que o meu semelhante me faça feliz. Vivo com os homens, para fugir às iras de uma fera, que me ofende, sem me conhecer o meu direito; e os homens que eu busco para defesa hão de quebrá-lo, quando têm dele um perfeito conhecimento? Que remédio buscaria o homem ao perigo contingente de se encontrar com um leão, se se fosse meter em outro, na companhia dos mais homens? Sim, Deus quis que nós fôssemos sociáveis, para vivermos seguros; e não pode querer que nos ofendamos uns aos outros, obrigando-nos assim a vivermos tão temerosos e arriscados no meio da sociedade, quanto viveríamos fora dela. Logo, Deus, aprovando a sociedade, não quer que nos ofendamos, mas antes que reciprocamente nos ajudemos; e já temos vontade de Deus, deduzida deste princípio. Nem diremos que os homens poderiam estabelecer entre si estas leis; pois se elas eram tão necessárias, que os homens se haviam voluntariamente sujeitar a elas, como poderia Deus deixar de as pôr, sendo um ente infinitamente mais santo?

11. Grócio[14] torna a provar a existência do Direito Natural pela condição da consciência humana. Não há pessoa que não tenha remorsos, quando executa alguma coisa contra o ditame da sua razão. Isto é o mesmo que ensina o Apóstolo, quando diz que os mesmos a quem não foi publicada ou intimada a lei por escrito, mostram que a têm escrita nos seus corações, dando-lhes um testemunho dela a consciência, que ou os condena ou os absolve com contínuas

---

14. Grot., De Jure Bel., in Proem., § 20; Hein, Ad. Grot., ibi.

cogitações[15]. E que são os remorsos, senão o temor de um castigo, do qual nos julgamos merecedores pela transgressão da lei? A mesma natureza que nos ensina a temer, nos ensina que há lei, por cuja transgressão nos julgamos merecedores do castigo.

12. E que diremos nós da opinião universal de todos, senão que esta é outra prova manifesta da existência da lei? É bem certo que entre os católicos ninguém duvida dela. Dos antigos gentios nos servem de prova Aristóteles[16], Zenon[17], Sêneca[18] e muitos. Das nações que atualmente existem, todas; e nem os bárbaros da América e África nos dão testemunho em contrário; logo, havemos confessar que há Direito Natural; pois que não podemos dizer que todos geralmente se enganam em uma matéria de tanto peso.

13. Obsta porém que Deus deu liberdade aos homens; logo, não os sujeitou à lei. Heinécio responde que a liberdade é uma faculdade para fazermos tudo o que nos for conveniente e não para fazermos o que nos for nocivo[19]. Sêneca diz que é liberdade o obedecer a Deus[20]. Nós diremos que Deus não nos deu liberdade para podermos assim merecer ou desmerecer, como se verá do contexto do seguinte capítulo.

---

15. D. Paul., Ad Rom., cap. 2, n. 15.
16. Arist., Rect., lib. 1, cap. 4; Moral, lib. 1, cap. 13.
17. Zen., apud Cícero, De Nat. Deor., lib. 1.
18. Sênec., Epist. 95.
19. Hein., De Offic., lib. 1, cap. 2, § 1.
20. Sênec., De Vit. Beat., cap. 15.

CAPÍTULO 3

Do livre-arbítrio

O reconhecimento que os homens têm da liberdade para obrarem bem e para obrarem mal é uma coisa tão útil para a honestidade da vida e tão necessária para a sociedade humana, como a própria confissão de que há Deus, que é o princípio de tudo, e que este nos deu uma lei. Que importaria que nós conhecêssemos que há aquele princípio e que este nos pôs preceitos, se, julgando nós que as nossas ações são necessárias, já nisso mostrávamos que não tínhamos obrigação de os cumprir e nos constituiríamos aptos para executarmos as mais enormes maldades? Sim, a não nos firmarmos no sólido princípio da nossa liberdade, não poderíamos confessar por certo nem o prêmio, que Deus prepara para os bons, para nos estimular à virtude, nem o castigo, que aparelha aos maus, para nos apartar das culpas; pois, sendo Deus um ente sumamente justo, não havia de imputar ao pecador em culpa o que ele fizesse forçado; nem julgar por justo a quem não se pudesse desviar do caminho da retidão. Por este mesmo princípio ficariam as sociedades civis totalmente inúteis; pois introduzindo-se estas, para dirigirem as ações dos homens, tinham por objeto o dirigirem umas ações totalmente indirigíveis, e vinham dar uns exemplos a quem não podia utilizar-se deles. Além de que, se as ações do homem, por falta de liberdade, não deviam ser imputáveis no tribunal de Deus, muito menos o deviam ser no foro humano. Como pois todo o Direito Natural e Civil se firma na certeza do nosso livre-arbítrio, trataremos das mais importantes doutrinas desta matéria.

1. Para virmos no claro conhecimento da nossa liberdade, não é necessário mais do que reconhecermos a existência da lei, pois Deus nada faz sem fim; e seria semelhante lei totalmente inútil, a não estar na nossa mão quebrá-la ou cumpri-la. Que diríamos do decreto de um soberano, se mandasse que todos os seus capitães aparecessem no seu palácio a tais horas, mandando ao mesmo tempo metê-los em correntes, para impedir-lhes a obediência? Na verdade o julgaríamos ilusório e incapaz de produzir efeito. Pôr-se uma obrigação moral donde não há possibilidade física é tão inútil como o dar armas aos soldados para se defenderem, depois de lhes cortarem os braços. Daqui se segue que, se nós tivéssemos necessidade física para obrarmos umas ações e não outras, era totalmente inútil a lei da Natureza que as mandasse ou as proibisse.
2. Essa razão, sendo tão patente aos olhos de todos, não foi bastante para que muitos não a negassem. Tal houve que tudo atribuiu à disposição dos Fados[a]. Espinosa negou que o homem pudesse ter

---

(a) Foi Demócrito, autor da seita estóica. Este de tal forma pôs todas as coisas sujeitas ao Fado que até lhe sujeitou ao mesmo Deus (Vossius, Theolog. Gent., lib. 2, p. 158). Pitágoras também admitiu o Fado, mas não tanto como Demócrito; pois seguiu que Deus governava tudo conforme a sua vontade; mas que as coisas sublunares não só dependiam da vontade de Deus, porém também da Fortuna, do Fado e do nosso conselho (Vern., Apparat. ad Philos. et Theolog., p. 57).

vontade, por conseqüência arbítrio[(b)]; Lutero[1] e Calvino[2], dois monstros da impiedade, não se animando a negá-lo no primeiro homem, disseram que se tinha extinto na linha moral, por efeito da primeira culpa. Mas estas doutrinas não somente são contrárias à razão, mas ainda opostas ao literal da Sagrada Página[3], à disposição de muitos Concílios[4], à decisão de Leão Décimo[5], ao geral sentimento dos Padres da Igreja[6], e enfim à universal opinião de todos.

3. Tem pois o homem liberdade de poder abraçar o mal e de rejeitar o bem; ou de abraçar o bem e rejeitar o mal, como muito lhe parecer; nem podemos deixar de discorrer assim, a não querermos pôr a Deus por autor de infinitas[7] maldades. Mas em que poderemos descobrir a origem de semelhante arbítrio? Os teólogos não lhe assinam outra razão, senão na superioridade da nossa alma. Ela é superior a todas as coisas, e daqui se segue que, como tal, não há nenhuma que a possa satisfazer; e por isso pode eleger uma e rejeitar outra, a seu arbítrio e vontade.

....

(b) Espinosa julgou que o homem era uma parte desta grande máquina do mundo; e que como a máquina não tinha vontade, assim também o homem (na Epistol. ad Oldemburg., p. 399); mas isto facilmente se convence de falso; pois nós vemos e conhecemos as razões por que obramos; e repugna o ser máquina e o ter conhecimento das suas operações.

1. Lut., Lib. de servo arb., fl. 434.
2. Calv., Cont. Phig., lib. 2.
3. Josué, cap. 43, n. 15; Eclesiástico, cap. 15, n. 14 e 18, cap. 31, n. 10; Paul., Ad Corint., cap. 17, n. 37.
4. Concil. Trid., ses. 6, can. 5 e 6; Concil. Araune., cap. 2, can. 15; Concil. Constant., ses. 18. Neste se condenou o artigo de Wicleff, que dizia que tudo vinha da necessidade.
5. Leão X na Bul. contra Luth.
6. S. Iren., lib. 4, c. 9; S. Anast., in Orat. cont. Idol.; S. Agostinho, Cont. Faust., lib. 2.
7. Pufend., De Jure Nat., lib. 1, cap. 4, § 2.

4. É pois o livre-arbítrio uma faculdade da nossa alma, por meio da qual ela modifica as suas ações, como melhor lhe agrada; isto é, uma faculdade da nossa alma, pela qual, depois de postas as circunstâncias necessárias para obrar, ela pode escolher de muitos objetos propostos um, e pode rejeitar os outros; ou se for proposto um só, pode admiti-lo ou não, como muito lhe parecer[8]. Daqui se segue que o livre-arbítrio é uma faculdade ativa e indiferente; ativa, porque por meio dela pode a nossa alma obrar ou não obrar. Indiferente, porque ela nos constitui de tal sorte senhores das nossas ações, que as podemos fazer ou não fazer.

5. Depois de dizermos que o livre-arbítrio é uma faculdade indiferente, parece que será conveniente o explicarmos as qualidades da indiferença. A indiferença divide-se em indiferença de contrariedade e de contradição. A de contrariedade é a que temos, para podermos obrar esta ou aquela ação deste ou daquele modo; a de contradição é a que temos para podermos ou não obrar[9]. Esta é totalmente necessária para o constitutivo do livre-arbítrio; pois que ele não é outra coisa mais do que a faculdade que a nossa alma tem para poder obrar ou não obrar. Aquela não é totalmente necessária. Ponha-se que não podemos fazer uma ação, senão de uma forma. Eis aqui o livre-arbítrio, sem diferença de contrariedade; pois, podendo-a nós fazer ou não fazer, que é a de contradição, certo que ela é tal que não a podemos obrar deste ou daquele modo, que é o em que consiste, como dissemos, a indiferença da contrariedade. Mostradas assim as diversidades da indiferença, vamos ver

---

8. Purchot., Etic., p. 2, cap. 3, praepos. 6, corol. 1.
9. Pufend., De Jure Nat., lib. 1, cap. 4, § 2.

também as diversidades que há de liberdades, e examinar se a nossa alma as tem.

6. Antes que tratemos das diversidades da liberdade, será justo advertir que esta de nenhuma sorte se deve confundir com a espontaneidade. A liberdade atribui-se tão-somente aos homens, que não só obram livres, mas ainda por vontade. A espontaneidade atribui-se aos brutos, que nada obram por vontade, ainda que obrem livres. Assim aquela distingue as ações do homem das ações dos brutos. Esta distingue as dos brutos das operações e movimentos das máquinas, que tudo fazem forçadas[10].

7. A liberdade, ou é de espontaneidade e coação, ou é de indiferença e eleição. A liberdade de coação é a que remove toda a força externa, que se pode fazer contra a propensão da vontade. A liberdade de eleição, que é a que propriamente se chama "livre-arbítrio", é a que remove da nossa alma toda a força intrínseca, que a pode violentar a seguir uma ou outra coisa. E quem poderá negar que a nossa alma goza destas duas liberdades? Vamos a mostrar em como a nossa alma goza da liberdade de coação, e depois veremos como goza também da liberdade de indiferença ou eleição.

8. Para conhecermos que temos a liberdade de coação, não nos será necessário mais do que refletirmos que nós amamos geralmente a nossa felicidade; e que não pode haver alguma coisa externa que nos violente a semelhante amor. É a nossa vontade tão incapaz de sentir violência alguma, que nem o mesmo Deus a poderá violentar[c]. Poderá, sim, alguma

---

10. Hein., De Offic., lib. 1, cap. 1, § 10.
(c) Bajo, Bucero e Jansênio ensinaram que para o constitutivo do livre-arbítrio bastava a liberdade de coação; o que é falsíssimo e herético.

força externa impedir que não executemos as ações externas; mas violentar a nossa vontade a que queira o que na verdade não quer, ou a que não queira o que na verdade quer, é coisa tão impossível, como é ser o amor ódio, e o ódio inclinação. Como, pois, nem o mesmo Deus, ainda que possa mudar, pode violentar a nossa vontade[11], é bem certo que nenhum outro ente o poderá fazer, e que havemos gozar da liberdade de coação[12].

9. Para conhecermos também que temos a liberdade de eleição, não nos é necessário mais que refletir em como Deus não nos deu lei para outro fim senão para nos fazermos merecedores do prêmio e do castigo por meio dela; pois se Deus não se propusesse semelhante fim, escusava de nos dar a razão, e bastaria que nos desse somente um estímulo de procurarmos o bem e fugirmos do mal, como deu aos brutos, sem termos conhecimento algum do que é mal e do que é bem. E que mérito ou demérito poderíamos atribuir aos homens, se as suas ações não fossem livres? Não lhas poderíamos imputar mais do que o movimento das rodas a um relógio. Logo, ou havemos dizer que Deus deu a lei e a razão ao homem sem fim, o que repugna à sua natureza perfeitíssima, ou que o homem tem liberdade de obrar, pois que sem ela de nada serve a razão e a lei.

10. Mas, posto que não tivéssemos esta razão tão forte, bastaria consultarmos ao que se passa dentro em nós mesmos, para virmos no claro conhecimento desta verdade. Se houvesse alguma força interna, que nos arrebatasse a seguir o bem em particular, assim como há força que nos arrebata a seguirmos

---

11. Purchot., Etic., p. 2, cap. 2, prop. 2.
12. Antoin., Theol. Mor. Disert., proem. ses. 2, n. 154 e 155.

o bem e a fugirmos do mal em geral, não havíamos sentir a mesma impressão para abraçarmos aquele, como sentimos para abraçarmos ou fugirmos deste? Certo que sim. E é isto o que sentimos? A experiência nos está mostrando a todos os instantes o contrário. Logo, é certo que nós temos a liberdade de podermos abraçar ou não abraçar o bem em particular; e temos por conseqüência a liberdade da eleição. Nem diremos que esta se impede pelo temperamento e disposição do corpo; pois ainda que estes possam fazer a nossa alma mais inclinada ao mal, não lhe tiram contudo o livre-arbítrio. Quem dirá que o calor do sol e o fresco da sombra, porque convidam aos homens, conforme as diversas estações do tempo, lhes tiram a liberdade para gozarem ou não gozarem deles[13]?

11. Obsta porém a isto que tudo o que Deus prevê há de necessariamente suceder: Deus *ab aeterno* prevê o que o homem há de obrar; logo, o homem não pode deixar de obrar o que Deus previu; e por conseqüência não tem arbítrio. Porém se responde que o que Deus prevê há de necessariamente suceder, porque, como para Deus não há pretéritos, nem futuros, ele está vendo tudo o que há de suceder da sorte que se atualmente estivesse sucedendo; daqui se segue que Deus não tira o livre-arbítrio do homem, pois que não prevê o que quer que o homem faça, mas o que o homem há de livremente executar, de tal sorte que, se ele quisesse obrar outra coisa distinta da que obrou, essa mesma havia Deus *ab aeterno* prever.

12. Obsta também que a nossa vontade é uma faculdade boniforme[14]; isto é, uma faculdade que por na-

---

13. Hein., De Jure Nat., lib. 1, cap. 2, § 25.
14. Hein., De Jure Nat., lib. 1, cap. 2, § 30.

tureza se inclina ao bem e aversa o mal[15]. Logo, não pode ser livre; porque há de abraçar o bem e aversar o mal. Para respondermos, devemos distinguir o bem e o mal em geral, do bem e do mal em particular. A nossa vontade é uma faculdade boniforme, que abraça o bem e aversa o mal em geral[16], porque, criando-nos Deus para sermos felizes, não nos podia conduzir bem a semelhante fim, a não nos dar uma apetência para buscarmos a nossa felicidade; mas esta apetência não havia de ser tão forte, que arrebatasse também para seguirmos o bem e fugirmos do mal em particular; pois como Deus nos criava para o fim de merecermos o prêmio da sua glória, não tinha outro meio senão o de deixar as nossas ações particulares nas mãos da nossa liberdade.

....
15. Hein., Philos. Mor., part. 2, cap. 2, Sect. 1, § 29.
16. Pufend., De Jure Nat., lib. 1, cap. 4, § 2 e § 4.

CAPÍTULO 4

Das ações humanas

Depois de conhecermos que há lei, e que o homem goza da liberdade de obrar, havemos necessariamente confessar que hão de haver umas ações boas e outras más: boas as que se conformarem com a lei, más as que se apartarem da sua disposição[1]. Mas quais são as ações em que pode cair a bondade ou a torpeza? Para respondermos a semelhante pergunta, havemos primeiramente explicar o que são ações, as suas qualidades, e em que consiste a bondade e a maldade delas.

1. Não há ente que possa executar ação alguma, sem ser movido, ou por um princípio interno, que o anime, ou por uma força externa, que o violente. Esta há de estar necessariamente ou dentro do ente que obrar, ou fora dele. Como pois podemos chamar ação de um ente, a que ele faz, e não a que outro executa nele, daí vem que só se chamam ações, as que o homem faz, movido de um princípio interno, como é o seu próprio espírito; chamando-se paixões as que executa obrigado de violência estranha[2]; porque ainda que o homem materialmente as faz, pade-

---

1. Pufend., De Jure Nat., lib. 1, cap. 7, § 3.
2. Antoin., Theol. Mor. Disert. Proem., art. 2, n. 88.

ce contudo a violência de que outro ente o venha violentar a fazê-las.

2. Advertido assim que tudo quanto se faz por virtude de um princípio interno, se compreende debaixo do genérico nome de "ação", havemos logo refletir que há umas coisas que se fazem no nosso corpo, sem que a nossa alma seja sabedora delas, como são a circulação do sangue, o movimento do coração, e outras que não se podem fazer sem ser por deliberação da mesma alma, como são andar, falar etc. Aquelas se chamam ações físicas e naturais; estas livres, ou morais. A estas ações livres chamam os teólogos, com Santo Tomás[3], ações não só do homem, mas humanas, e as outras somente ações do homem, e não humanas; pois não as faz como homem, isto é, como animal dotado de liberdade e de razão. As ações humanas se subdividem em internas e externas. Chamam-se internas as que a nossa alma faz, e nela mesma se acabam, como são o amor e o sentir; e externas as que nossa alma faz, e passam a exercitarem-se pelas forças do corpo, como são andar e ferir. Mostrado assim o que sejam ações e as suas divisões, passemos a mostrar em que consiste a maldade e bondade delas.

3. Marcião e outros muitos hereges afirmam que a bondade e a maldade das ações são um ente físico; mas esta doutrina repugna a toda a razão; porque, não havendo ente físico que não tenha por autor a Deus, se nós o concedermos, ou havemos de negar que haja maldade, ou havemos de pôr a Deus por autor de um ente mau. O mesmo Marcião, imaginando que o apetite, pelo qual éramos arrebatados a seguir o

----
3. D. Thom. 2. 2. Quaest. I, art. 1.

mal, não podia deixar de ser produzido por alguma coisa sumamente poderosa, admitiu que havia um Deus mau, autor do mal, e outro bom, autor do bem[a]. Este segundo erro, com que de alguma sorte parece que se podia salvar o primeiro, ainda é mais alheio da razão, e mais oposto à pureza e verdade da nossa fé. Vamos a refutá-lo.

4. Para concedermos que hão dois Deuses, um bom e outro mau, ou havemos afirmar que um procede do outro, ou que ambos são incriados. Proceder um do outro não pode ser; pois nem um Deus mau há de ser autor de um ente bom; nem um bom, princípio de outro Deus mau. O Deus bom, que nós como tal reconhecemos, adversa todas as maldades[4]; e como ele não aborrece coisa alguma do que fez[5], é bem certo que não foi autor de um ente mau, e o mesmo devemos também dizer do ente mau a respeito do bom. Eles não podem também ser igualmente incriados; pois implica que possam haver dois entes *ab aeterno*; porque, como haviam de ser independentes, não havia de dominar um no outro; de

....

(a) Zoroastro, filósofo antigo, disse que havia um Deus superior, chamado Mitra, que deste procedeu Orosmado e Arimânio; aquele símbolo da luz, este das trevas; aquele princípio do bem, este do mal (Vern., Appar. ad Phil. et Theol., Part. 1, lib. 1, cap. 4, p. 16). Os egípcios admitiram também um princípio mau, a quem chamaram Typhon (Ver., sup. p. 28). Platão disse que à matéria, por uma inércia congênita, repugna o bem e a ordem; que a causa incorpórea, chegando-se a esta livremente, formara o mundo; mas que não pudera vencer toda a natureza da matéria; e que disto é que tinha o mal o seu princípio (Plutar. in Timae., tomo 3, p. 30). Os donatistas disseram que havia duas naturezas, uma boa e outra má; o que tiraram das palavras de Cristo: *Non potest arbor bona malos fructos facere, nec arbor mala bonos fructos facere*. Os albigenses admitiram também dois princípios: um bom, que era Deus, outro mau, que era o Demônio.

4. Sapient., cap. 14, n. 7.
5. Sapient., cap. 11, n. 24.

que se seguia não serem ambos onipotentes; e por conseqüência nem Deuses⁽ᵇ⁾. Logo, não podemos admitir os dois princípios, um mau, outro bom; pois que, nem os podemos fazer procedidos um do outro, nem ambos sem princípio.

5. Mas que diremos nós ao apetite, que nos arrebata à execução do mal? Diremos que somente provém da primeira culpa? Sim. Deus criou ao homem reto[6]. Ele pelo pecado se privou da retidão, em que Deus o criou[7]. Esta culpa não só contaminou a Adão, mas a todos os seus descendentes[8]. Daqui vem que o rebelar-se a carne contra o espírito do homem, provém de que o espírito se rebelasse contra Deus. Nós pois não poderemos dizer senão que a maldade das ações consiste na discrepância, e a bondade na conformidade que tem com a lei, que é a regra e a norma delas[9]; por isso a maldade e a bondade não constituem ente físico, mas sim moral.

6. Mostradas assim as diversidades de ações que há, e em que consiste a moralidade delas, é já fácil de conhecer quais são as em que pode cair a bondade e a torpeza. Quem duvidará que o Direito Natural nem pode dirigir as paixões⁽ᶜ⁾, nem também as ações físi-

---

(b) Que não pode haver dois princípios incriados se tratará mais difusamente no cap. 1 da Religião Natural.

6. Eclesiástico, cap. 7, n. 30.
7. Concil. Trid. in Decret. De Peccat. Orig. Ses. 5.
8. D. Paul. 3 Ad Thim., cap. A5, n. 12 e n. 18.
9. Pufend., Her. Scand., cap. 5 De Orig. Mor. et Indif. Mot. Phys., § 3.

(c) Lutero, Bajo e outros disseram que ainda que os primeiros movimentos do entendimento eram paixões e não ações, eles contudo eram formais pecados; o que é falsíssimo, porque a paixão não pode nunca ser pecaminosa. Caíram estes hereges em semelhante absurdo, por julgarem que, para as ações serem más, não se carecia de vontade própria, mas que bastava a de Adão.

cas[10] e naturais[11]? Só quem esquecer que já dissemos que, para haver lei, é preciso supor-se a liberdade, e não reparar em que a nossa vontade não domina nem nas paixões, nem nas ações naturais, de que a nossa alma ao menos nem é sabedora; logo, a bondade e a torpeza só podem cair nas ações livres ou morais; pois que só elas são capazes da disposição da lei. Mas em que sentido serão boas ou más as nossas ações? No sentido moral; pois que elas, fisicamente tomadas, nem podem ter bondade nem maldade. Que diversidade física podemos considerar que há naquela ação com que se tira a vida a um homem culpado, para satisfação da justiça, a outra com que se mata ao inocente para desafogo do ódio? Nenhuma; logo, diremos, como o sapientíssimo Pufendórfio[12], que as ações não são boas nem más, na linha física, mas só na linha moral.

7. Como pois hão de ser boas as ações que se conformam com a lei, e más as que se apartam dela, segue-se legitimamente que a todas as ações que nem forem más nem forem boas lhes chamaremos indiferentes. Os teólogos fazem grande questão sobre se há uma ação que, segundo todas as suas circunstâncias, não tenha alguma maldade ou bondade moral, mas que seja de tal sorte indiferente, que nem seja manada nem proibida pela lei, e somente permitida. Uns negam[(d)], com o fundamento que todas as ações

---

10. Hein., De Jure Nat., lib. 1, cap. 2, § 27.
11. Pufend. Her. Scand., cap. 5, De Orig. Mor. et Indif. Mot. Phys., § 3.
12. Pufend. Her. Scand., cap. 5, De Orig. Mor. et Indif. Mot. Phys., § 3.

(d) O Concílio de Constança condenou a proposição de João Huss, que afirmava que todas as ações eram boas ou más, atendendo ao sujeito que as fazia. Assim que tudo o que fazia o perverso, era pecado, e quanto fazia o justo, um ato de virtude.

humanas se devam dirigir a um fim honesto, isto é, à glória de Deus; e assim concluem que, se ela se dirige a este fim, é boa, e se não, é má. Outros resolvem, dizendo que Deus, como é sumamente benigno, concedeu à criatura frágil e posta em contínua distração, que pudesse algumas vezes obrar por fim inferior, que só respeitasse as indigências da natureza, como é: sentar-se, levantar-se, andar etc. E daqui tiram que estes atos se não podem chamar maus, pois são conformes à vontade de Deus, em quanto ao menos os permite; nem também se podem chamar bons, porque a simples permissão não basta a lhes poder dar bondade. Nós, como não queremos mais de que saber que em si não são proibidos nem mandados, deixamos livremente a decisão da presente questão ao juízo do leitor.

8. Depois de dizermos que só as ações livres do homem são capazes de receber bondade ou torpeza, havemos de concluir que os princípios delas hão de ser a vontade e o discurso. A vontade, porque dela depende a execução de todas; o discurso, porque a vontade nada pode obrar, sem que ele a incite, ou para adversar, ou para querer[13]. Mas sempre as devemos atribuir à vontade mais do que ao discurso[14]. Vamos pois a ver em que sentidos se toma a liberdade, para conhecermos melhor a natureza dela.

9. A liberdade divide-se em liberdade física e moral. Física chamamos a que qualquer, para fazer uma ação, tem, quando não conhece nem pode conhecer a moralidade dela. Moral a que temos para obrar ou não obrar, conhecendo, ou podendo conhecer a moralidade da ação que podemos fazer. Do que se

---
13. Hein., De Jure Nat., lib. 1, cap. 21, § 30.
14. Antoin., Theol. Mor. Disert. Proem., art. 3, n. 122.

segue que pode haver umas ações fisicamente livres, que moralmente não o sejam. Daqui também vem que nem todas as ações, que fisicamente são livres, podem ser boas ou más; porque para serem capazes da direção da lei é necessário também que haja o agente delas, a liberdade moral. E com razão: como poderemos dizer que as ações de um menino, ainda que fisicamente são livres, são capazes de receber a bondade e maldade, que somente provêm da conformação ou discrepância da lei, se o discurso dele não as pode propor, nem como boas, nem como más, à vontade, para que, como tais, ou as abrace ou as rejeite?

10. De tudo pois quanto temos dito se segue legitimamente ser a lei a norma das ações humanas e o discurso o meio pelo qual se nos intima semelhante regra. Mas como o discurso humano pode umas vezes propor à vontade umas ações como conformes à lei, que na verdade não são, outras vezes como opostas, sendo na verdade conformes, parece indispensável transcrevermos aqui as mais importantes doutrinas desta matéria.

11. Ao raciocínio que o entendimento faz sobre a moralidade das ações, para saber se são justas ou injustas, se chama consciência[15]. Este raciocínio se pode fazer antes ou depois da ação, cuja moralidade se pretende examinar. Por isso a consciência se divide também em consciência antecedente e conseqüente. Chama-se antecedente ao raciocínio que o discurso faz sobre a bondade ou maldade do ato, que se quer fazer ou não fazer. Chama-se conseqüente à reflexão que o entendimento faz sobre a moralidade das ações que se fizeram ou se deixaram de fazer.

---

15. B. Bonavert. In 2 Disp. 39, quaest. 2, n. 7; D. Anton., p. I, título 3, cap. 10.

Aquela serve para se poder obrar sem culpa e fazer-se uma ação digna de prêmio. Esta para podermos sossegar o espírito na certeza de que obramos bem, ou para pedirmos perdão a Deus, que é o único remédio que resta depois da execução do mal⁽ᵉ⁾. As diversas qualidades que há de consciências são as seguintes: certa, provável, dúbia, escrupulosa e errônea. Trataremos de cada uma distintamente.

12. Consciência certa se diz quando o discurso legitimamente conhece que a persuasão que faz à vontade, para que obre ou não obre alguma coisa, se firma em princípios certos e indubitáveis, conformes com a disposição da lei[16]. Daqui vem que todas as ações que se fizerem contra semelhante consciência serão más. Nem por Deus se pode dispensar na obrigação de nos conformarmos com ela; pois como o que nos propõe é o mesmo que Deus nos manda, ele não nos pode mandar e dispensar-nos da obrigação de obedecermos[17].

13. É controvertido entre os teólogos se as ações que se fizerem contra semelhante consciência serão duas vezes más: uma porque se apartam da lei, outra porque se apartam dela. A mais seguida é que só são uma vez más, porque semelhante consciência não é senão uma intimação da lei, que não faz preceito distinto da mesma lei. Quanto mais que duas leis, se tendem ao mesmo fim e se regem também pelas mesmas razões, não induzem multiplicação de lei e de delitos.

....

(e) Distingue-se a consciência da sindérese, em que a sindérese é um conhecimento dos primeiros princípios morais, quais são fugir ao mal e buscar o bem; e a consciência é um juízo que aplica o princípio moral às ações particulares (D. Thom. 1 p. Quaest. 27, arts. 11 e 12).

16. Pufend., De Jure Nat., lib. 1, cap. 3, § 5. Purchot., Eth., pp. 2 e 7.
17. D. Thom., Disp., 12, art. 2.

14. A obrigação que temos de nos conformarmos com semelhante consciência provém de direito natural; pois que ela é o mesmo direito natural ou uma intimação dele[18]. S. Gregório Nazianzeno lhe chama um tribunal doméstico e verdadeiro[19]. E S. João Crisóstomo acrescenta que ele nem se corrompe com peitas, nem com adulações descansa, porque é divino[20]. Logo, por todo o direito natural nos vemos obrigados a sujeitar-nos ao que ela nos manda; mas sempre havemos de advertir que só temos obrigação de nos conformarmos com ela, quando nos propuser alguma ação como preceito; pois se ela nos mostrar que a lei nos concede o fazermos algum ato, nem por isso obraremos mal, se o não fizermos; porque a permissão é privilégio, cuja natureza é o não induzir obrigação naquele a quem se concede.

15. Sendo porém a consciência um tribunal doméstico, que continuamente nos absolve ou nos condena, ela às vezes parece que dorme de tal sorte sobre os vícios, que não raciocina coisa alguma sobre a moralidade das ações. A esta chama o Apóstolo S. Paulo "consciência cauterizada"[21], porque assim como a carne queimada com cautério perde o sentimento, assim ela, acostumada ao pecado, não sente a miséria, que de outra forma não contemplaria sem horror.

16. A consciência provável é de duas formas: a primeira é quando o discurso propõe à vontade uma coisa como certa, não porque tenha princípios certos em que firme a sua persuasão, mas porque se contenta com razões vulgares, e não acha algum motivo pa-

....
18. D. Thom. 12, Quaest. 21, arts. 6 e 4.
19. Greg. Nazian., Orat. 15.
20. Joan. Chrisost., Homil. 3, verb. Isai.
21. D. Paul., Ad Thim. 1, cap. 14, n. 2.

ra que duvide dela. Esta consciência diz Pufendórfio que não se distingue da certa, senão enquanto não tem um tão evidente conhecimento da sua retidão[22].

17. Tudo pois o que se obrar contra semelhante consciência será mau; pois que o é tudo o que em si inclui perversão do ânimo e vontade de pecar. E quem duvida que inclua perversão de ânimo e vontade de pecar, o executarmos uma ação, que o discurso nos propõe por má, ainda que não tenha uma certeza evidente da maldade dela? Só quem negar que é perversão de ânimo o termos uma vontade deliberada de pecarmos. Mas nem por isso serão boas todas as ações, que se fizerem conforme semelhante consciência, pois que ela se pode enganar; e nem todo o erro nos pode livrar da culpa, como em seu lugar diremos.

18. O segundo caso, em que se chama consciência provável, é quando o discurso propõe à vontade uma ação, conhecendo fundamentos para se poder seguir, já por uma, já por outra parte. Distingue-se então da consciência dúbia, porque os fundamentos da dúbia são iguais e os desta não; por isso pode ser mais ou menos provável, conforme a gravidade das razões em que se firmar. A probabilidade divide-se em probabilidade intrínseca e extrínseca. Aquela é a que provém da gravidade das razões em que se firma; esta a que provém da autoridade, que faz o número e a gravidade dos autores que a ensinam.

19. Não faltou quem dissesse que a opinião provável, ainda que concorra com outra mais provável, se pode propor como norma das ações. Esta doutrina é totalmente indigna de um homem pio. Quem dirá que nas matérias respectivas à eterna salvação, não

----
22. Pufend., De Jure Nat., lib. 1, cap. 3, n. 5.

é temeridade e imprudência o seguir qualquer opinião incerta e perigosa, deixando a mais certa e mais segura? A opinião, para ser provável, há de se firmar em motivo, bem que falível, tão grave, que ainda depois de se examinar a verdade, se possa prudentemente julgar por verdadeira[23]. E como se poderá julgar prudentemente verdadeira uma, que as razões opostas nos mostram a sua falsidade? Logo, todas as vezes que houver razões mais fortes, que nos mostrem a maldade de uma ação, não podemos julgar por provável a opinião contrária, firmada em menores fundamentos, e por conseqüência não a podemos pôr por regra das ações.

20. Esta doutrina se confirma mais com a razão seguinte: a verdade, que é uma só, não pode acompanhar duas opiniões totalmente opostas. Ora, parece que quem houver de seguir a opinião menos provável, não pode deixar de discorrer do seguinte modo: Eu sei que uma destas opiniões é conforme à lei, e a outra conseqüência oposta; e ainda que não sei de certo, contudo a razão me mostra que é a que se conforma com a lei aquela em que descobre o meu entendimento mais e mais nervosas razões. Pois quero eu deixar de a seguir, e quero abraçar a mesma que o meu discurso dita, que é a que mais se aparta da lei? E que é isto, senão um desprezo formal da lei de Deus?

21. A verdade não se conhece senão pelas razões em que se estriba. Que verdade haverá, por mais sólida que seja, que não tenha pela parte contrária algum aparente fundamento, e que não se possa autorizar com a doutrina de muitos autores? Logo, se não temos obrigação de seguirmos a parte que tem mais

---

23. Antoin., Theol. Mor. Disert. Proem., Tract. de Cons., cap. 4.

sólidas razões em matéria que respeita à salvação eterna, que erro, que absurdo haverá que se não possa livremente seguir? Não haverá uma religião certa, em que devamos viver, pois não há alguma, por mais errônea que seja, que não tenha alguma razão aparente em que se firme e que não se prove com o testemunho de mil autores; e por conseqüência, que não se mostre provável aos seus sequazes.

22. As regras que vulgarmente se dão e descreve Pufendórfio[24], para conformarmos com elas a consciência provável, são as seguintes: primeira – pode qualquer deixar a opinião mais provável e seguir a provável, quando não houver lei, com que se deva conformar a sua ação; segunda – podemos deixar a opinião que se firmar em maiores razões, se a contrária nos parecer mais segura; terceira – o indouto pode seguramente seguir a opinião do sábio; quarta – o sábio pode seguir a opinião que lhe parecer mais provável, ainda que aos mais não pareça assim; quinta – pode-se seguir a provável em coisas de pouco momento; sexta – em coisas de grande ponderação deve-se seguir a parte que trouxer menos conseqüências más; sétima – o vassalo há de obedecer ao Rei, ainda que este lhe mande alguma coisa que a ele não pareça tão provável.

23. A consciência dúbia é quando o discurso propõe à vontade uma ação, que tem fundamentos iguais por uma e por outra parte; e por isso fica dúbio o discurso, sem saber o que há de seguir[25] ou rejeitar, bem como a balança, que não pende para parte alguma, enquanto tem em ambas igual peso. A dúvi-

....
24. Pufend., De Jure Nat., lib. 1, cap. 3, § 6.
25. D. Seraphic. 3 Sent. dist. 17, dub. 3; D. Antonin. p. I, Sum. tit. 3, cap. 10, § 10; D. Thom., De verit., quaest. 14, art. 1.

da divide-se em dúvida de direito e de fato. De direito, quando duvido se a lei me concede ou me proíbe certa ação. De fato, quando ignoro se fiz certa coisa, ou se não fiz.

24. Não será mau advertirmos que não se deve confundir a dúvida com o juízo incerto; pois ainda que tudo quanto é dúbio seja incerto, nem por isso tudo o que é incerto fica dúbio. Quando o discurso se inclina mais para uma parte, posto que seja com receio, não é dúbio, mas incerto; pois como a natureza da dúvida é ter o discurso de tal forma suspenso, que não possa inclinar-se para parte alguma, quando ele se resolve a seguir a qualquer, bem que seja com receio, já exclui a dúvida e faz opinião.

25. Mas que diremos nós das ações que se fizerem contra semelhante consciência? Todas elas são más[26]; e por isso devemos de as suspender[27] até que deponhamos toda a dúvida, para podermos obrar isentos do delito. Quem quiser obrar antes de a depor, não pode deixar de discorrer do modo seguinte: Não sei se esta ação que intento será justa ou injusta; mas quer seja justa, quer injusta, eu a quero seguir[28]. E que é isto senão um desprezo de Deus e da lei? Esta opinião não agradou a Tício[29], pois que ele achou que não se devia suspender a ação duvidosa; porque nisto mesmo se podia omitir um ato bom. Esta doutrina é totalmente errônea; porque quem obra alguma ação com consciência dúbia, se a executa pela parte em que se aparta da lei, obra mal; e

---

26. Cícer., De Offic., Lib. 1, cap. 9; D. Anton. p. I, Sum. tit. 9, cap. 10, § 10.
27. Barbeir. ad Pufend., De Jure Nat., lib. 1, cap. 3, § 8, tit. 2.
28. Hein., De Offic. Hom. et Civ., lib. 1, cap. 1, § 6; Pufend., De Jure Nat., lib. 1, cap. 3, § 8.
29. Titius, Observ. 18.

se acaso a faz pela parte da lei, como não o faz com ânimo de obrar bem, não faz ação alguma meritória, mas antes culpável, pelo perigo a que se expõe com vontade deliberada.

26. A consciência escrupulosa é quase semelhante à consciência dúbia. Chama-se escrupulosa, quando alguma leve suspeita da culpa nos aflige na execução de alguma ação. Por isso o escrúpulo se chama alegoricamente: "uma pedrinha áspera, que ofende os pés e retarda os passos". Distingue-se da provável, ou opinativa, porque a opinativa se firma em uma razão grave; e o escrúpulo somente em uma leve suspeita.

27. E que diremos das ações que se fizerem contra semelhante consciência escrupulosa? Não falta quem afirme que elas são pecaminosas; e o fundamento é que, para se obrar livre de culpa, é preciso que o discurso tenha moralmente por certa, ou ao menos por provável a honestidade do ato que se pretende fazer; o que não pode ter, enquanto o escrúpulo o tiver receoso do delito; mas a opinião contrária é a mais seguida e a mais segura. O escrúpulo não destrói o juízo moralmente certo que fazemos da honestidade das ações: pois como nasce de uma leve suspeita, não pode desfazer o juízo oposto, fundado em razões sólidas e atendíveis. Devem-se logo[30] desprezar os escrúpulos, como coisas que só servem para nos mortificarem na consternação de um mal que na verdade não há. E o remédio mais eficaz para nos livrarmos deles será o costumar-nos a praticar assim todas as vezes que os tivermos; da mesma sorte que o meio mais eficaz para endireitarmos uma vara torta é entortá-la para a parte oposta.

....
30. Concin., lib. 2, cap. 9, § 1; Pufend., De Jure Nat., lib. 1, cap. 3, § 9.

28. A consciência errônea é quando o discurso propõe à vontade alguma coisa por certa, que não é fundada em princípios falsos. A primeira divisão do erro é que o erro ou é de fato ou de direito. De fato, quando versa sobre a certeza de se ter feito ou não feito alguma ação. *De jure* quando versa sobre a verdade de me ser lícita ou não alguma ação. A segunda é que o erro ou é vencível ou invencível. Chama-se erro vencível ao que não se pode vencer com toda a diligência moralmente possível[31].

29. Todas as ações que se fizerem contra semelhante consciência, serão más; porque depois que o entendimento nos propôs uma ação como pecaminosa, ainda que na verdade não seja, se a executarmos, pecamos, porque temos uma vontade deliberada de abraçarmos o mal. Santo Tomás nos põe a seguinte paridade[32]: assim como se algum julgasse que o preceito do Procônsul era do Rei, se o quebrasse, ofendia ao Rei, assim também quem obrar uma ação, entendendo que Deus lha proíbe, ofende a Deus, posto que na verdade lha não proíba. Daqui se segue que, como se peque por dois princípios – um por se obrar contra a lei, outro por se obrar contra a consciência – quem obrar uma ação conforme à lei, mas contra a consciência, peca contra esta, ainda que não peque contra aquela. Vasques[33] afirma que isto é de fé, o que prova com muitos lugares da Escritura Sagrada e decretos pontifícios; bem que Salas[34] afirma que seguir o contrário não é herético, mas sim temerário.

---

31. Pufend., De Jure Nat., 1. 1 e 3, § 11.
32. D. Thom., 1. 1, Quaest. 19, art. 5.
33. Vasq., 1. 2º Quaest. 12, art. 6, disp. 5, cap. 2, n. 6.
34. Sal., 1. 2º Quaest. 42, tract. 8, disp. ani., sect. 3, n. 16.

30. Como já dissemos que a consciência errônea ou é vencível ou invencível, resta averiguarmos se serão más igualmente as ações que se fizerem contra uma e outra consciência. E quem duvidará que sim, se qualquer delas nos propõe o preceito de Deus, e virmos a ter a mesma vontade deliberada de o quebrarmos[35]? Só tem a diferença, que a vencível errônea deve-se depor, e a invencível não se pode[36]. Vamos a ver e como se deve depor a consciência errônea.
31. Não faltou quem afirmasse que a consciência errônea se pode depor *ad libitum*[37]. Figuremos o caso. Uma mulher, entendendo ser pecado trazer cabelos alheios, com fundamento de que era enganar a quem a visse, levada do apetite, usou deles, assentado consigo que não era delito, mas sem ter razão alguma que lhe desvanecesse o fundamento contrário. Dizem alguns que esta ação não é pecaminosa; porque ainda que ela especulativamente tem um juízo errôneo, contudo praticamente já depôs o erro. Esta doutrina é indigna de escrever-se. Quem dirá que posso desprezar uma opinião, que julgo fundada em um princípio tão forte que lhe ignoro a solução, somente porque imagino que é lícito, sem ter um fundamento mais forte que assim me persuada? Quem seguirá que basta uma simples persuasão para se depor uma consciência, quando na deposição dela posso abraçar a verdade ou o engano, a não ser inteiramente capacitado da razão? Daqui se segue que, para se depor a consciência errônea, é preciso outra, fundada em razões mais fortes.

....

35. D. Thom., Quaest, 17, de verit., artic. 1; Concin., lib. 2, disert. 1, cap. 3, § 5.
36. Concin. Supra.
37. Azor., Inst. Mor., tomo 1, lib. 2, cap. 19.

32. Como dissemos acima que a consciência invencível não se pode depor, vamos a ver se teremos obrigação de nos conformarmos com ela. Para virmos no conhecimento de que temos semelhante obrigação, não será necessário mais do que refletirmos em que, não a podendo nós depor, se não nos conformarmos com ela, obraremos contra, o que de nenhuma forma nos é lícito, como já mostramos, mas nunca a devemos pôr como regra das ações: porque ela não é uma verdadeira intimação da lei, e somente obriga, porque de outra sorte não nos poderemos isentar da culpa[38].

33. Mas posto que sejam más todas as ações que se fizerem contra semelhante consciência, nem por isso serão boas todas as que fizermos conformando-nos com ela; pois quando a consciência, firmada nos princípios falsos, nos mostra uma ação por boa, não deixará por isso de ser má, se na verdade for oposta à disposição da lei. Nem obsta a seguinte paridade: se a consciência errônea me propuser uma ação como má, sendo boa, obro mal se a executar, porque me aparto do ditame da razão. Logo, se me propuser uma ação má como boa, obro bem, se a executar, porque me conformo com o ditame da razão; pois não havemos dizer que o ditame da razão tem força para fazer da ação boa má, só porque se aparta dela, e não tem para fazer da má boa, quando se conforma com ela. A isto se responde que, para um ato ser bom, é preciso que o seja em tudo, e para ser mau, basta que tenha um só defeito e vício[39]. Por isso, para uma ação ser boa, é necessário que se conforme com a lei e com a razão; mas, para ser má,

---

38. Antoin., Theol. Mor. Dis., Proem.; Tract. de Conc., tomo 1, p. 206.
39. Pufend., De Jure Nat., lib. 1, cap. 4, § 4.

basta que se aparte ou da razão ou da lei[40]. Alguns teólogos disseram que se a consciência errônea que me propõe uma ação má por boa é invencível, fica semelhante ação sendo boa; mas é falso: a invencível não faz mais do que livrar a quem obrar com ela da imputação das ações[41], como veremos quando tratarmos desta.

34. Mas que diremos nós, quando a consciência errônea me propuser uma ação por ambas as partes culpável? Ponhamos um exemplo: um pai acomete a um filho com uma espada, para o matar; e não se podendo este defender do pai, senão matando-o, entende que peca, se o matar, e também entende que peca, se não se defender. Alguns há que dizem que neste caso sempre há de ser má semelhante ação; pois por qualquer das partes que se execute, é contra a consciência. Porém esta doutrina não é boa. Para haver ação má é necessário que tenhamos liberdade para pecarmos, ou não pecarmos; e como, neste caso, não temos liberdade para deixarmos de pecar, segue-se que, por qualquer parte que se execute semelhante ação, será inculpável.

35. Ainda que o sobredito da consciência errônea já nos tem dado uma idéia de que não são geralmente boas todas as ações que se fizerem conformes à consciência, contudo, como isto ainda não é bastante para podermos ter um conhecimento claro de toda esta verdade, passemos a tratar brevemente da ignorância; advertindo que as regras que dermos para conhecermos a natureza das ações obradas com ignorância, têm lugar nas praticadas por erro.

---

40. D. Bernd., lib. De Disp. et Proecept., cap. 14; D. Aug., lib. De Util. Cres., cap. 12.
41. Pirillus, De Consc., quaest. 1, n. 27; Laerc., lib. 5, quaest. 5, n. 14.

36. Sendo o entendimento a principal potência da nossa alma, e sumamente necessária para alcançarmos o conhecimento da verdade, de que depende uma grande parte do nosso merecimento, são o erro e a ignorância os dois inimigos que se opõem a que ele nos mostre este importante bem. Qual será pois a obrigação que temos de fazermos todo o possível para apartarmos dele estes péssimos obstáculos, se sem isso nem podemos fazer meritórias muitas das nossas ações, nem podemos escusar outras de uma culpa abominável, feitas talvez sem a menor complacência? É ignorância, efeito da mesma primeira culpa, a origem de todo o mal; e quando não houvesse outra razão, para a pretendermos apartar de nós, bastaria somente o desejo de recuperarmos parte daquele bem que perdemos, já que não pode ser todo. Daqui se pode coligir quão monstruoso é um livro, cujo título é *Privilégios da ignorância*.

37. É o erro a falta da conformidade ou oposição que têm as nossas idéias com a natureza das coisas, isto é, o tomar-se uma coisa diversamente do que na verdade é. A ignorância é uma privação da ciência. Aquele opõe-se tanto mais à verdade, quanto vai de se ignorar simplesmente uma coisa a julgar-se por verdadeira outra totalmente falsa. Distingue-se a ignorância da nesciência, ou do não saber, assim como o cego se distingue do que não vê[42]. Aquela se diz quando alguém ignora o que tem obrigação de saber; esta quando ignora o que não pode nem tem obrigação de saber.

Distingue-se também da dúvida, porque esta é um meio entre a ignorância e o saber.

---

42. D. Thom., lib. 2, quaest. 16, art. 2.

38. A ignorância se divide em ignorância de fato e de direito. De fato, quando ignoro se fiz ou não fiz certa ação. Um exemplo belíssimo desta ignorância nos deixou Abimalech, quando, não ignorando que não podia casar com uma mulher casada, quis tomar para mulher a Sara, por ignorar que era casada com o patriarca Abram.
De jure é quando ignoro se a lei me concede ou me proíbe certa ação, ou quando, sabendo que a lei ma proíbe, ignoro a pena que tenho pela sua transgressão. Esta divisão se faz atendendo ao objeto ou matéria.
39. A segunda divisão é que a ignorância ou é vencível ou invencível; e esta se faz atendendo à sua origem[43]. De que se segue que aquela é voluntária, e esta involuntária. A voluntária ou vencível se torna a dividir em afetada, quando alguém de propósito não quer saber a verdade, só para que mais livremente peque; e mais em crassa, quando alguém não procura saber o que pode e deve[44]. A ignorância involuntária e invencível, ou é invencível somente em si, ou é em si e também na sua causa. Chama-se invencível somente em si aquela que não se pode vencer no instante em que se faz qualquer ação; mas esteve na mão do homem o não cair nela, como é a ignorância de um bêbado, de que ele se pudera livrar, não se alienando do juízo. Chama-se invencível em si e na sua causa, a que não só é invencível no instante em que se executa uma ação, mas nem esteve nas mãos do homem o livrar-se dela[45].
40. Os teólogos dividem mais a ignorância em ignorância de mera privação, e em ignorância de depravada

---

43. Pufend., De Jure Nat., 1. 1, c. 3, § 10.
44. D. Thom., 2 sent., dist. 22, art. 2, q. 2.
45. Pufend., De Jure Nat., 1. 1, cap. 3, § 10.

disposição[46]. Ignorância de mera privação é quando se ignora o que se deve saber, sem aprovação do ato oposto, *v. g.*, quando ignoro que devo obedecer ao Rei, mas não nego que lhe sou sujeito. Ignorância de depravada disposição se chama, quando não só ignoro o que devo, mas ainda afirmo por certo o seu oposto: *v. g.*, não só ignoro que devo sujeitar-me ao Rei, mas afirmo que não lhe devo obediência alguma, e chama-se depravada disposição, porque o erro é um ato depravado, ou uma depravada disposição do entendimento.

41. Mas que diremos das ações que fizermos por ignorância? Pelágio não admitiu ação má, todas as vezes que houvesse ignorância, ainda que fosse vencível. Esta doutrina porém é errônea e contra o literal da Sagrada Escritura[47]. Jansênio diz que todas as ações feitas com ignorância ainda invencível são pecaminosas. Também é falsa esta opinião. Averigüemos a verdade.

42. Se a ignorância for invencível, é bem certo que, ainda sendo em si má, a ação que se fizer com ela, se se apartar da lei, não será contudo criminosa; pois é coisa mui diversa o ser uma ação em si má, e o julgar-se pecaminosa a respeito do seu agente. Para ser má, basta que não se conforme com a lei, que é a norma e a regra das ações. Para se julgar pecaminosa a respeito do seu agente, é necessário que este tenha uma vontade de executar a culpa: o que não podemos dizer que tem quem não conhece nem pode conhecer a maldade da ação.

43. Se a ignorância for vencível, ficarão sendo más e pecaminosas todas as ações que se fizerem contra a

....

46. D. Seraph. In Declarat. Term. Theol.
47. Levít., cap. 4, n. 2, cap. 5, n. 15; Núm., cap. 15, n. 26.

disposição da lei; pois que já temos uma vontade de obrarmos contra o preceito, o que não pode deixar de ser delito. Nem nos cansamos a fazer aqui a divisão, que vulgarmente se faz da ignorância de fato e de direito, porque são invencíveis, ambas igualmente escusam; e se ambas são vencíveis, ambas fazem as ações merecedoras do castigo[48]. Esta regra poderá parecer alguma coisa dura, mas daremos outra para se ver a verdade dela.

44. Nós não devemos chamar ignorância voluntária a que na verdade se pode vencer com a diligência necessária, se não houver algum escrúpulo ao menos, que nos dê causa a suspeitarmos dela; pois quando não tenho a menor razão, que me faça escrupulizar de que há lei, se na verdade a quebro, é involuntariamente, o que não se me pode atribuir a culpa[49]. Logo, se só se reputa ignorância voluntária a em que tenho alguma antecedente suspeita, quem duvidará que peco todas as vezes que obrar uma ação má, fundada em uma ignorância invencível, quer seja de fato, quer seja de direito? Somente quem julgar que não tenho obrigação de evitar a culpa, depois que o receio me preocupa e me vem ao pensamento o perigo de a cometer. Logo, havemos concluir que, se tive um leve indício da minha ignorância, e obrei com ela qualquer ação, esta necessariamente será má, ou seja ignorância *de jure* ou de fato, com tanto que seja vencível; e que se não tiver semelhante escrúpulo, então não será má qualquer ação que se fizer com ignorância invencível, quer seja de fato, quer de direito.

....
48. Conc., 1. 2, c. 9, § 16; Pufend., De Jure Nat., lib. 1, cap. 3, § 9.
49. Antoin., Theol. Mor. Diser., Proem., sect. 2, § 3, n. 27.

45. Vamos ver se se pode dar ignorância pecaminosa per si, separada da obra a que nos despenhar. A Sagrada Escritura[50] e os Santos Padres e teólogos[51] seguem geralmente esta doutrina. Ponhamos um exemplo: Todo o católico tem obrigação de saber os artigos da sua fé. Ora ponhamos que alguém os ignora; e já não é pecaminosa *per si* esta ignorância, ainda que o não despenhe a negá-los? Parece que não padece dúvida.

46. A regra pois para conhecermos quando a ignorância é pecaminosa *per si*, separada do ato ou quando o é somente conjunta com ele, é a seguinte: se versa sobre coisa totalmente necessária para dirigir as ações que dizem primariamente respeito ao meu próprio estado, é pecaminosa em si, ainda separada de toda ação; se versa sobre coisa que não é necessária para dirigir as ações primariamente respectivas ao próprio estado, só será pecaminosa junta com o ato a que me despenhar. Mas sendo a ignorância um ato de entendimento, e consistindo a maldade em um ato de vontade, parece que não há de haver ignorância que seja pecaminosa. Porém se responde que esta mesma ignorância procede da negligência da vontade, e por isso fica sendo voluntária, e por conseqüência culpável.

47. Temos visto também o que é necessário para se mostrar a natureza dos atos, feitos por ignorância; vamos já a ver se pode cair moralidade nas ações coatas. Havemos primeiramente distinguir o invicto do coato. Invicto chama-se aquele ato que eu faço sem que esteja na minha liberdade não o fazer, *v. g.*: caí

---

50. Paul., Ad Corinth., 1, cap. 14, n. 38; Ose., cap. 4, n. 6.
51. D. Thom., Quaest. 3 de mal., art. 7; D. Bonav., Centil., p. 1, sect. 24; Richard. De Mediavil, in 2 Sent. dist. 22, art. 2, quaest. 2.

de uma escada e matei um menino, que se achava debaixo. Esta ação é invicta, porque não tive a menor vontade de ofendê-lo e maltratá-lo. Coato é o ato que eu faço contra a vontade, posto que livre, *v. g.*: um ladrão me acomete, pedindo-me a bolsa, e eu lha dou, temeroso de que me mate. Esta ação de dar a bolsa é coata; porque ainda que eu a entrego involuntariamente, contudo eu podia fisicamente deixar de a entregar, se me quisera expor ao perigo.

48. Os teólogos chamam esta ação coata "voluntária *secundum quid*", isto é, não em tudo, mas em parte; e na verdade com razão, porque ainda que a bolsa ao ladrão dou contra a vontade, sempre pela parte em que lha dou para livrar a vida, lha dou voluntariamente, estimando mais o perdê-la do que o morrer. Exposta e mostrada assim a natureza do coato, havemos dizer que pode haver umas ações coatas que sejam más, por não se conformarem com a lei, e outras que não o sejam, bem que se apartem dela. Para conhecermos esta verdade, não nos é necessário mais do que refletirmos nas diversidades do homem. Há leis divinas e leis humanas. As divinas naturais, negativas e também preceptivas, obrigam sempre; e mais a morrer do que a violá-las. As humanas não exigem tão rígida observância. Donde se segue que, se se fizer uma ação coata contra a lei divina, há de ser má, o que não diremos se se fizer contra a humana.

49. Porém se uma ação se puder conformar com a lei em parte, e não em tudo? Uns têm que não estou obrigado conformar em parte a minha ação; outros que sim; e outros distinguem o preceito divíduo do indivíduo; e é a opinião mais segura. Assim diremos que, sendo o preceito indivíduo, não terei obrigação de conformar a minha ação em parte, não podendo conformar em tudo, mas sim no divíduo.

50. Sendo a lei a norma das ações, o que não só se deve entender da lei natural, mas também da humana, é necessário examinar-se com qual das leis se deverá conformar a nossa ação, no caso em que concorram duas totalmente opostas. Ninguém duvida que, se uma for de Deus e a outra do soberano, devemos obedecer em primeiro lugar à de Deus; pois, sendo ele superior ao legislador humano, é bem certo que não haverá lei humana que possa revogar o menor dos preceitos divinos. Se as leis ambas tiverem o mesmo legislador, devemos obedecer à mais forte, que estiver fundada em melhores razões e trouxer mais nocivas conseqüências; não pela regra que "de dois males devo escolher o menor", mas porque neste caso a lei que não se firmar em razões tão atendíveis, já não é lei, e por conseqüência já não há mal. Não é lei porque, sendo esta uma regra que se nos dá para obrarmos bem, todas as vezes que chegarmos a estado em que obremos mal, se nos conformarmos com ela, já lhe falta o seu fim, e por conseqüência já não é lei.

51. Mas poderá uma ação ser melhor ou pior do que outra? E quem duvida? Sim: pode ser uma ação humana, pior ou melhor que outra na linha moral de três modos: essencialmente, quando se faz por motivo mais ou menos perfeito; intensivamente, quando se executa com maior vontade; extensivamente, quando se estende a mais objetos bons ou maus. Daqui se segue que, podendo uma ação ter mais do que um objeto, poderá ter um que seja bom, e outro que seja mau. Mas nem por isso ficará semelhante ação sendo por parte boa e por parte má; pois que, para uma ação ser boa, é preciso que o seja em tudo; e para ser má, qual esta fica sendo, bastará que tenha um só defeito. Resta-nos somente mostrar quais são

as fontes de toda a moralidade, para conhecermos melhor o que é necessário para uma ação ser boa, e o que basta para ser má.

52. A primeira fonte de toda a moralidade é o objeto de qualquer ação; pois que toda que tiver um objeto mau, será má; sem que possa haver circunstância alguma que a possa coonestar. Não obsta que o ato de aborrecer a Deus é mau e tem um objeto não mau, mas bom; pois não tem por objeto a Deus como tal; mas sim a Deus como abominável – o que não pode ser objeto bom. Donde para uma ação ser boa, não bastará que tenha objeto bom; pois as suas circunstâncias a podem fazer má. Assim como também para ser boa não carecerá de ter um objeto em si bom, mas basta que o tenha indiferente, e que receba a bondade de qualquer das suas circunstâncias. Tratemos destas. Cícero as inclui no verso: *Quis, quid, ubi, quibus auxiliis, cur, quomodo, quando.*

53. A primeira circunstância é a condição e qualidade do seu agente. Quem duvida que o casar é uma ação lícita e santa, se for praticada por agente livre, e também será má, se a executar um que esteja ligado ao voto da castidade?

Logo, as ações que em si são boas, podem receber maldade da diversa qualidade das pessoas que as praticarem; e esta é a circunstância incluída na cláusula *quis* de Cícero. A segunda circunstância é a quantidade e qualidade da matéria sobre que versar o fato. O furto de um grão de ouro não pode ser pecaminoso como o de um arrátel; nem o de uma coisa profana tão grave como o de uma sagrada. Esta circunstância incluiu Cícero na palavra *quid*. A terceira é o lugar em que se fizer; pois pode haver lugar, em que ela seja proibida por lei humana ou divina, que não seja ilícita o executar-se em outro; e esta explicou Cícero na palavra *ubi*. A quarta é o meio dos remédios aplicados pelo médico, será tão lícito, quanto iníquo e ilícito o buscá-lo por meio de feiticeiros; nem obsta que quem quer os fins, quer os meios necessários para se conseguirem. Deus porém quer que procuremos a conservação da saúde, há de também aprovar todos os meios conducentes a este fim; porque se responde que sim quer Deus os meios lícitos ou indiferentes, mas não os torpes e pecaminosos.

Esta circunstância explicou Cícero nas palavras *quibus auxiliis*. A quinta é o fim; pois se um casar com o fim da *multiplicação* do gênero será louvável esta ação, quanto represensível, se casar para poder ter liberdade de castigar a mulher e se vingar de alguma paixão particular. Esta circunstância declarou Cícero na palavra *cur*. A sexta é o modo por que se faz a ação, isto é, se como agente, se como paciente, se com malícia, se sem ela, explicada na palavra *quomodo*. A sétima é o quando, *v. g.*, abrirem os cidadãos as portas da cidade, não é proibido; porém, se o fizerem a tais horas da noite, havendo receio de inimigos, será ação digna de castigo; e é o que Cícero compreende na palavra *quando*. Eu acrescentarei a *quem*, pois não podemos duvidar que o defender-me do meu igual é ação justa; porém se resistir ao magistrado, quando intenta castigar-me com a jurisdição do imperante, é criminal.

54. Mais se pudera dizer sobre as ações do homem; contentemo-nos porém com o que fica dito; não só porque basta para se alcançar uma idéia geral delas, mas porque as irei tratando com maior extensão nos seus próprios lugares.

CAPÍTULO 5

Da imputação das ações

Posto que é regra geral que todas as ações que se executam ou contra a consciência ou contra a lei, são em si más, não é contudo regra universal que todas as ações más se nos podem imputar; porque há muitas, das quais posto que fisicamente as fazemos, não somos moralmente autores. Para vermos quais são as que nos podem ser imputáveis, havemos explicar primeiramente o que seja imputação.

1. Toda a lei proibitiva tem duas partes: uma enquanto proíbe, outra enquanto determina a pena aos transgressores da sua imposição. A lei preceptiva, além de mandar, ou taxa também a pena aos que não obedecerem, ou estabelece o prêmio aos que a cumprirem, conforme exige a diversidade do caso e tem por melhor a prudência do legislador. Ora, imputar uma ação não é outra coisa mais do que julgar que o agente dela está nos termos de receber o prêmio, ou de suportar o castigo, pela lei destinado contra os executores de semelhante ação[a].

....

(a) O verbo *imputar* é tirado da aritmética e significa "meter alguma coisa na soma de alguém"; e por isso o imputar ao homem uma ação vale o mesmo que meter-lhe na sua conta, e atribuir-lhe a ação como a seu legítimo senhor.

2. Daqui vem que, sendo a imputação um raciocínio, que se faz, conformando as ações com as leis, será preciso, para se fazer qualquer imputação, que a pessoa a quem incumbe o fazê-lo, tenha um claro conhecimento de todas as circunstâncias da ação que se pretende imputar, e da lei com que se deve confrontar semelhante ação[1]. Podem as ações do homem ser más no foro interno, ou no externo, e também boas em um e outro foro: e por isso em um e outro foro imputáveis. Daqui se segue que Deus nos há de imputar todas as ações que se apartarem da sua lei, para a pena; e que as que se conformarem com ela imputará para o prêmio. Igualmente o Rei e os juízes, aos quais ele delegar o seu poder, nos imputarão as que fizermos em serviço ou dano da sociedade, já para o castigo, já para o prêmio, conforme a disposição da lei, com a qual se devem confrontar. Visto pois o que é *imputação* e em que foro se podem imputar as ações humanas, vamos a dar as regras precisas para conhecermos as que se nos podem imputar e a quem se podem ou não imputar.

3. A primeira regra é que toda a ação só se pode imputar ao seu autor[2]. Por isso, ao filho nem se pode imputar as ações do pai, nem a este as do filho, se não no caso em que, tendo o pai obrigação de as moderar, não as moderou[3]; porque então ficam suas, pelo fato da omissão. Esta regra falha na imputação que se chama "de graça", qual é quando se imputam a um os merecimentos dos outros, o que costumam as Repúblicas para animarem os homens ao serviço

---
1. Hein., De Jure Nat., lib. 1, cap. 4, § 100; Eccles., cap. 18, n. 20.
2. Pufend., De Offic., lib. 1, cap. 1, § 7.
3. Grot., De Jure Bel., lib. 2, c. 21, § 2, n. 20.

delas, na esperança de verem gozar os seus descendentes dos frutos das suas louváveis fadigas. O mesmo Deus usou de semelhante imputação, quando não tirou o reino a Salomão, por atender aos merecimentos de seu pai David[4]. Obsta porém que muitas vezes mata Deus aos filhos pelos delitos dos pais; mas a isto se responde que Deus não mata para os castigar pelos delitos dos pais; porém que, sendo Deus de tal sorte senhor das nossas vidas, que as pode tirar, quando muito lhe parecer, sem que seja necessário o menor motivo, usa do domínio, e tira os filhos aos pais, para com a morte daqueles castigar as ações destes[5], pois lhes dá um tormento muito mais sensível na contínua lembrança da perda dos mesmos filhos.

4. Desta regra legitimamente se deduz que as paixões não se devem imputar nem em um nem em outro foro; pois não são ações próprias do ente, que as executa forçado; mas sim do ente que, livre, o violenta a fazê-las.

5. A segunda regra é que não se imputam as ações que se fazem sem lume da razão e sem vontade; porque somente se devem imputar as ações humanas; e não se podem dizer "humanas" as que se fizerem sem vontade e sem discurso. Daqui vem que as ações de um furioso, ou de um menino, se lhe não devem imputar[7]; pois que em um e outro se não pode considerar razão e vontade moral de cometerem o menor insulto; e assim não podemos dizer que as ações são suas, se as tomamos no sentido moral.

---

4. Reg., 3, cap. 11, n. 12.
5. D. Joan. Chris., Hom. 27.
6. Gronov. Ad Grot., De Jure Bel., lib. 2, cap. 20, § 14, n. 1, tit. 17. [Não há no texto indicação desta nota.]
7. Pufend., De Off. Hon., 1. 1, c. 1, § 23.

6. A terceira regra é que se nos não podem imputar as ações com ignorância invencível[8]; pois devendo-se nos imputar somente as ações moralmente nossas, estas não o são, porque não nos podemos reputar por autores de uma ação moral, quando não podíamos conhecer a moralidade dela. Esta regra porém só se deve entender da ignorância invencível em si e na sua causa; porque se ela for invencível somente em si e não na sua causa, qual é a ignorância de um bêbado, já lhes poderão ser imputadas as ações que praticarem com ela, pois que voluntariamente se privaram de juízo e se puseram em perigo de cometerem toda a qualidade de delitos. Esta regra não é tão universal, que não admita a exceção daquele que se embebedar involuntariamente; porque neste caso é semelhante ignorância não só invencível em si, mas também involuntária na sua causa[9]. Repararemos contudo que, ainda que alguém se prive voluntariamente do juízo, as ações que então obrar lhe devem ser menos imputadas do que seriam se as fizesse em seu juízo; pois que a bebedice lhe tirou muito do voluntário, sem o que não pode haver imputação alguma.

7. A quarta regra é que se podem imputar todas as ações que se fizerem com ignorância vencível[10]. A ignorância vencível ou voluntária é aquela de que temos alguma suspeita, quando executamos a nossa ação; pois não podemos dizer que eu voluntariamente ignorei a lei, quando não tive nem o menor indício que me desse a suspeitar a existência dela. Mas sempre devemos advertir que, ainda quando a ignorân-

---
8. Hein., De Jure Nat., 1. 1, c. 4, § 107.
9. Pufend., De Jure Nat., 1. 1, c. 5, § 10.
10. Hein., De Jure Nat., 1. 1, c. 4, § 107.

cia é voluntária, sempre as ações que se executam com ela nos devem ser muito menos imputáveis; pois como a ignorância diminui a liberdade moral ou a vontade de as fazermos, diminui também a maldade delas, e por conseqüência a sua imputação[11].

8. A regra quinta é que a ignorância *per si* nos pode ser imputada, quando esta versar sobre o que nos é necessário sabermos, para dirigirmos as nossas ações pertencentes ao nosso próprio estado. Daqui se segue que o católico ignorando alguns dos artigos da fé necessários, esta mesma ignorância lhe pode ser imputada, porque tal omissão é voluntária, e conseqüentemente criminosa. Devemos contudo advertir que, se pusermos a diligência moralmente precisa para sabermos o que nos é indispensável ao nosso estado, e ignorarmos contudo alguma coisa, já semelhante ignorância não nos pode ser imputada; pois que já se não deve reputar voluntária, e por isso nem criminosa. Não bastará porém a diligência moralmente necessária para livrarmos de culpa as ações más que se fizerem com ignorância das leis pertencentes ao nosso ofício[12]: não só porque as leis humanas são todas promulgadas, e por isso se presume que não se ignoram; mas porque também, sendo os ofícios voluntários, quem não tiver a capacidade necessária para as saber, não deve encarregar-se deles.

Donde vem que, não só o magistrado estará responsável por qualquer erro do seu ofício; mas também o piloto por todos os prejuízos que se seguirem da perdição do navio, naufragando por sua imperícia.

9. O erro segue as mesmas regras que segue a ignorância; por isso não tratamos dele separadamente. Res-

---

11. D. Thom. 1. 2. Quaest. 15, art. 4.
12. Pufend., De Offic., lib. 1, cap. 1, § 21.

ta-nos só advertir geralmente que no foro humano só se atende à ignorância de fato e não de direito; não só pela razão já dita de que as leis, como se publicam, não se ignoram, mas porque no foro humano não se pode conhecer *de internis*; e admitindo-se a defesa da ignorância da leis, ficariam muitos delitos impunidos, o que redundava em sumo detrimento da sociedade.

Esta regra se limita nas leis, que não são criminais, nas quais se atende à ignorância delas a favor dos rústicos, que vivem donde a falta dos doutos os pode impossibilitar ao conselho.

10. Regra sexta. As ações invictas não se podem imputar; porque, não sendo livres, não se podem reputar por humanas, e por conseguinte nem se atribuírem à culpa.
11. Regra sétima. As ações coatas só se podem imputar para o efeito da sua validade, se forem exigidas por quem tenha jurisdição de violentar[13]. Daqui se segue que se o juiz violentar ao seu súdito a jurar em algum caso em que seja preciso, este não só não poderá julgar o seu juramento por nulo com o fundamento de que o deu coato, mas antes estará obrigado a reputá-lo da mesma forma que se não fosse forçado. Pelo contrário, se um ladrão me violentar a prometer-lhe certa quantia, para me deixar com a vida, esta promessa, como exigida por quem não tem direito de me violentar, não se me pode imputar para o efeito de a cumprir.
12. Regra oitava. As ações coatas podem-se imputar em culpa, para o fim de se castigarem, quando se fizerem contra a disposição da lei natural, negativa e

....
13. Hein., De Offic., lib. 1, cap. 1, § 24 e De Jure Nat., 1. 1, c. 4, § 109.

preceptiva[14]. Como Deus nos criou principalmente para o fim de o servirmos, é bem certo que Deus não há de querer que nós executemos uma ação que redunde em injúria sua; mas sim que antes morramos do que lhe façamos a menor ofensa. Para vivermos no conhecimento desta verdade, basta refletirmos que vivendo nós somente para o fim de o servirmos, não o devemos ofender para o fim de vivermos. Sendo pois as ações coatas voluntárias na parte em que temos liberdade de escolher qual dos males queremos, se executar a ação, se padecer a violência, fica claro que, se escolhermos o executar antes a ação injuriosa a Deus do que sofrer a violência de morrer, já antepomos o nosso interesse temporal ao interesse de Deus, o que não pode deixar de ser delito. Daqui vem ser totalmente errônea a doutrina de Tomás Cristiano, que afirma que não tenho obrigação de me expor à morte por não faltar à religião externa, dizendo ao exemplo dos mártires que estas ações são sim heróicas, mas não de obrigação[15].

13. Regra nona. Todas as ações que se fizerem por serem instigadas pelo temperamento do corpo ou propensão do ânimo se poderão imputar ao seu agente[16]. A razão é porque o temperamento do corpo e a propensão do ânimo, ainda que movam a nossa alma para que siga as inclinações, não lhe tiram contudo a liberdade. Sim, as enfermidades da nossa alma não são incuráveis; nós as podemos vencer, se usarmos de esforço e aplicação. E sendo estas ações livres, já nos podem ser imputáveis; quanto mais

---

14. Juvenal, sat. 8, v. 80.
15. Thom. Christ., Jurisprud. Div., lib. 2, cap. 2, n. 137.
16. Hein., De Jure Nat., lib. 1, cap. 4, § 110.

que, se admitíssemos semelhante desculpa, seriam inúteis as leis; porque o seu fim principal é o desarraigar de nós as paixões desenfreadas[17]. Sempre contudo devemos reparar que se alguém executar uma ação movido de alguma dor, esta sempre lhe será menos imputada; porque privando esta ao homem de grande parte do discurso, o priva também de grande parte da liberdade moral, sem a qual não pode haver imputação alguma.

14. Regra décima. Todas as ações que se fazem em sonhos não se podem[18] imputar, se se lhe não dá causa antecedente; porque se não fazem com lume de razão; e por conseqüência não são humanas. Heinécio, julgando este axioma certo, enquanto ao foro humano, acha que os sonhos no foro divino são graves pecados, pois que são efeitos da culpa original. Nós não podemos julgar semelhante coisa, pois também a falta do discurso é efeito do pecado e não dizemos que as ações de um sonho sejam gravíssimos pecados.

A regra é que os sonhos em si não são culpáveis, porque não são dirigidos pelo discurso e vontade, mas que só nos serão imputados no tribunal de Deus, se lhes dermos causa antecipada com depravados costumes e cogitações, ou nos recrearmos na lembrança deles.

15. Regra undécima. Hão de se nos imputar todas as ações que outro fizer por nosso conselho, pois que elas moralmente são nossas. E isto não só terá lugar no caso em que expressamente aconselharmos e induzirmos para o mal, ou nos seja sujeita a pes-

---

17. Burlam., Direito da Nat., part. 2, cap. 11, § 5.
18. Hein., De Offic., l. 1, c. 1, § 2.

soa a quem aconselharmos ou não, mas também quando só dermos uma simples aprovação[19] para se executar qualquer maldade.
16. Regra duodécima. No foro divino hão de se imputar todas as ações internas. Deus, como conhece os interiores dos homens[20], há de lhes imputar as ações internas. Os homens não podem ter conhecimento dos interiores dos outros. Logo, só poderão imputar as externas, as quais só ficarão sujeitas ao conhecimento humano. Daqui se segue que, se alguém executar como má uma ação na verdade boa, lhe será imputada no foro divino, mas não no humano[21]. Pelo contrário, se se executar uma ação má, entendendo-se ser boa, lhe será imputada no foro humano, e no divino não, se ele tiver uma ignorância invencível da maldade dela.
17. A última regra é que as ações humanas se devem imputar mais e menos, conforme a maldade delas e o ânimo do seu agente, pois é certo que podendo umas ações ser piores que outras, já porque se revestem de mais circunstâncias más, já porque são obradas com maior malícia, não se pode castigar ao agente delas com pena igual; pois que esta se deve comensurar e distribuir à proporção do delito.
18. Resta-nos somente mostrar em que difere a imputação da imputabilidade e do imputável, para que se não confundam estes termos, que em si dizem coisas mui diversas. Já dissemos que a imputação é o juízo que se faz de uma ação confrontada com a sua respectiva lei, para se condenar ao agente a sofrer a pena ou a receber o prêmio destinado aos exe-

---

19. Hein., De Jure Nat., 1. 1, c. 4, § 112.
20. Reg., 3, cap. 8, n. 37.
21. Antoin., Theol. Mor. Disert. Proem., tomo 1, tract. de conscient., fl. 206.

cutores dela. Agora diremos que a imputabilidade é a razão por que se atribui a qualquer agente o prêmio ou o castigo, o louvor ou o vitupério, como efeitos morais da sua ação; e que o imputável é um atributo próprio da ação humana; pelo qual se julga que a causa eficiente se pode obrigar a dar conta dela.

CAPÍTULO 6

Do princípio do direito natural

O direito natural tem dois princípios: o primeiro a que chamamos "de ser", o segundo, "de conhecer". O primeiro, "de ser", nada é mais do que a origem da obrigação. O princípio "de conhecer" é uma proposição tal que, posta ela, conheceremos quanto é de direito natural. Trataremos pois daquele princípio em primeiro lugar.

1. Se o princípio "de ser" não é outra cousa mais do que a origem da obrigação, quem poderá duvidar que o direito natural não pode ter outro princípio senão a vontade de Deus? O princípio "de ser" de qualquer lei não pode ser senão a vontade do seu legislador, e não tendo o direito natural outro legislador senão a Deus[1], é certo que há de ser o princípio da sua obrigação a vontade do mesmo Deus.
2. Este princípio é ao que vulgarmente chamamos a norma das ações. E que esta não pode ser outra senão a vontade de Deus[2] elegantemente o mostra Heinécio na forma seguinte. A norma das ações humanas deve ser reta, certa e permanente. Esta ou há de estar fora de nós ou dentro de nós. Dentro de

....
1. Hein., De Offic., 1. 1, c. 3, § 11.
2. Hein., De Jure Nat., 1. 1, c. 3, § 61.

nós não pode estar, porque o entendimento, a consciência e a vontade, que são as únicas normas que podíamos achar dentro de nós mesmos, não são retas, certas e menos permanentes. Para a buscarmos fora de nós, havemos refletir que esta norma vem junta com uma obrigação externa de nos conformarmos com ela; e que esta obrigação há de ser posta por um ente a quem reconheçamos superior, e não o há, senão Deus; logo, a vontade de Deus é que é a norma ou o princípio "de ser" das ações humanas. Nem podemos duvidar que a vontade de Deus seja uma norma reta, certa e permanente. Reta, pois que não havemos de julgar a Deus como a qualquer homem, que pode requerer coisas injustas e torpes, mas sim um ente tal, que não pode querer senão o que convém à sua infinita perfeição[3]. Certa, porque ela se intima a todos por meio do discurso e da razão; permanente, porque a vontade de Deus não se pode mudar, como se não pode mudar o mesmo Deus[4].

3. Sendo pois o princípio do direito natural a vontade de Deus, não podemos subscrever a opinião de Grócio[5], enquanto afirma que, se não houvesse Deus, ou ele não cuidasse das coisas humanas, sempre haveria direito natural. Esta doutrina repugna à piedade, pois é supor que além de Deus há outro ente, a quem tenhamos obrigação de obedecer, e com quem Deus tivesse a necessidade de se conformar[6]. Heinécio[7] mostra a falsidade desta doutrina do modo

---

3. Pufend., Gerij-Scand. Lib. 5, De Orig. Moral. et Indif. Mot. Phys., § 15.
4. Hein., De Jure Nat., lib. 1, c. 3, § 63.
5. Grot., De Jure Bel., in Proem., § 11.
6. Pufend., De Offic., lib. 1, c. 2, § 3.
7. Hein., De Offic., lib. 1, c. 2, § 3.

seguinte: Para haver obrigação, deve haver antecedentemente lei. Para haver lei, há de haver legislador, e não o há, tirado Deus. Logo, tirado Deus, não pode haver lei natural; e, por conseqüência, nem obrigação.

4. Este erro tem sido de outros mais autores, que, para se defenderem do argumento expendido, distinguem a obrigação do direito da sua execução, dizendo que, faltando Deus, falta sim a execução do direito, mas não a obrigação. Cocceo porém responde a isto que não sabe como se possa admitir obrigação, tirada a lei e o legislador. Nem obsta que a consciência podia ditar que alguma coisa era boa, sem atender à obrigação da lei; porque se assim acontecesse, este ditame não fazia direito; pois que não haver quem me obrigasse a conformar-me com ele, que é o que constitui direito. Bento Luís[8] quis desculpar a Grócio, dizendo que ele não pôs esta proposição por modo de tese, mas por modo de ficção. E contudo, ainda posta como ficção, que não se pode pôr sem impiedade, nunca poderia tirar Grócio uma conclusão errada, mas sim a legítima, que era que neste caso não haveria direito natural. À paridade dos ateus, que, negando a Deus, guardam direito entre si, se responde que eles não seguem o que lhe dita a razão, como lei, mas como útil, para que os outros não os ofendam também; assim como o enfermo não cumpre o que lhe ordena o médico, como preceito, mas como um conselho saudável[9]. Passemos a tratar já do princípio "de conhecer".

5. Já dissemos que o princípio "de conhecer" é uma regra tal que, posta ela, logo se pode conhecer o que

---

8. Bened. Ludov., in Resol. Dub., § 10.
9. Hein., De Offic., lib. 1, c. 2, § 3.

nos é proibido ou mandado por direito da natureza. Agora mostraremos as qualidades que deve ter semelhante princípio; e depois examinaremos qual ele seja.

6. O princípio do conhecer do direito natural deve ser certo, claro e adequado. Certo, porque de uma regra falsa não se pode tirar senão conclusões da mesma qualidade; assim como sobre alicerces que não forem sólidos, não se pode levantar edifício permanente; claro, porque sendo o direito natural útil e necessário a qualquer pessoa, quer seja douta, quer indouta, ele deve acomodar à capacidade de todos; adequado, porque sendo ele uma regra que nos possa mostrar quanto nos é mandado ou proibido, não haverá uma só conclusão ou limitação, que legitimamente se não deduza dela. Do que se colige que a exposição das regras particulares não deve ser outra coisa mais do que a explicação do seu princípio; à maneira do crescimento de uma planta, que não é outra coisa mais do que ir-se desenrolando a raiz ou a semente.

7. Burlamaque diz que não é perfeição do sistema do direito natural o deduzir-se todo de um princípio somente; e não só julga por impossível semelhante redução, mas passa a dizer que ainda que se possa fazer, será um trabalho inútil do entendimento o cansar-se nisso[10]. Heinécio, pelo contrário, julga que ele se deve reduzir a um princípio[11]. O seu fundamento é porque, se os muitos princípios não têm conexão entre si, então não se devem admitir; pois que havemos de tirar de uns umas conclusões opostas às que

....
10. Burlam., Dir. da Nat., p. 2, cap. 4, § 4.
11. Hein., De Offic., lib. 1, cap. 3, § 1.

tirarmos de outros, o que repugna; e se têm conexão entre si, então podemos reduzi-los a um somente. Como esta opinião me parece a mais acertada, não abraçaremos a de Burlamaque, nem os seus três princípios, aliás excelentes, quais foram: religião – princípio das obrigações que temos para com Deus; amor-próprio – princípio das que têm por objeto a nós mesmos; sociedade – princípio das que dizem respeito aos nossos semelhantes. Vamos pois a ver se descobrimos algum, que seja claro, certo e adequado.

8. Pufendórfio[a], Grócio e Obésio puseram por princípio do direito natural a sociedade; só com esta diferença – que Pufendórfio seguiu que devíamos viver sociáveis, porque assim convinha ao nosso estado natural, e Deus o queria. Grócio porque assim seria justo, ainda que não houvesse Deus, ou não cuidasse nas ações humanas. Obésio, porque de outra sorte viveríamos em uma continuada guerra. Este princípio, posto que Pufendórfio o quis autorizar com a opinião de Cícero[12], Sêneca[13] e outros muitos antigos, não é evidente; porque, vivendo também os ladrões em sociedade, vem a ser a sociedade um termo equívoco, e por conseqüência não evidente[14]. Não é adequado, porque as obrigações que dizem respeito a nós mesmos não se tiram diretamen-

....

(a) Burlam., Dir. da Nat., p. 2, cap. 4, § 20, intenta desculpar a Pufendórfio, dizendo que ele não quis tratar do todo o direito natural mas somente da parte que respeita às obrigações dos homens para com os outros; o que prova das palavras do mesmo Pufend., De Jure Nat., lib. 2, cap. 3, § 19; Specim. Controv., cap. 5, § 25, e cap. 1, § 14. Porém esta desculpa é frívola, pois no livro De Offic. Hom., onde também tratou das obrigações para com Deus, não pôs outro princípio (Pufend., De Offic., lib. 1, cap. 3, § 9).

12. Cícer., De Leg., lib. 1, cap. 5.
13. Sênec., De Benef., lib. 1, cap. 18.
14. Burlam., Dir. da Nat., p. 2, c. 4, § 9.

te dele[15]; e muito menos as que o dizem a Deus; pois é bem certo que se vivêssemos despidos de toda a sociedade, ou se houvesse um homem só no mundo, ainda assim teríamos tanto nós como este obrigação de o amarmos[16].

9. Ouçamos o que diz Boehmero para salvar este princípio, depois de lhe conhecer a falta. Ele segue que o direito natural não se estende a mais do que à felicidade externa e à paz entre os homens[17]. Daqui tira ser-lhe adequado o princípio da sociedade; pois que as obrigações que respeitam a Deus e a nós rigorosamente lhe não pertencem[18]. Mas quem poderá subscrever semelhante opinião? Quem negará que as obrigações que temos a Deus, e para conosco, pertençam ao direito da natureza? Só quem negar, ou que este não seja todo aquele preceito que Deus nos intima naturalmente por meio da razão, ou que o reconhecimento a Deus e a conservação própria seja um direito participado a todos por meio dela.

10. Outro princípio que se dá ao direito natural é tudo o que convém ao estado da inteireza. Outros há que o põem também em tudo o que convém à santidade de Deus. Mas nem um nem outro é digno que se abrace[19]. O primeiro porque hoje temos muitos atos de justiça, como são: direitos de guerra, obediência aos Reis, aos magistrados e outros semelhantes, que não podemos de sorte alguma admitir no estado da

---

15. Hein., De Offic., lib. 1, c. 3, § 9.
16. Barbeir. ad Pufend., De Jure Nat., lib. 2, cap. 3, § 15, tit. 7.
17. Boeh., Jus Pub., par. Gen., cap. 1, § 29, lit. O.
18. Boeh., Sup., § 3, lit. P.
19. Thom. Crist., Jurisp. Divin., cap. 4, § 40; Tund., De Jure Nat., lib. 1, cap. 6, § 11; Pufend., Specim. Contr., cap. 4, § 4 e § 12; Hein., De Offic., lib. 1, cap. 3, § 9, e De Jure Nat., lib. 1, cap. 3, § 47.

inteireza. O segundo, porque além de não podermos ter uma idéia clara de tudo o que convém à santidade de Deus, temos obrigações, como são a obediência aos superiores, e outras, que de nenhuma sorte as podemos nele considerar. Passemos pois a procurar outros.

11. Alguns escolásticos o puseram no axioma – "Tudo o que é bom deve-se fazer, e tudo o que é mau deve-se evitar". Mas isto não é princípio de conhecermos o que é bom e o que é torpe. Bodino julgou que ele se podia assinar na ordem da natureza; Seldeno... mas, para que me canso a referir mais opiniões logo expender a de Heinécio, mais sólida e verdadeira? Deixemos pois as mais no silêncio, e vamos a ver o que nos ensina este ilustre autor.

12. Ele diz[20] que Deus, sendo um ente sumamente santo, há de querer que nós vivamos felizes; que a felicidade consiste na posse do bem e na privação do mal; e que nós não podemos viver na posse do bem e na isenção do mal, sem ser por meio do amor, parece que não tem dúvida. Daqui deduz que o amor[b] verdadeiro princípio de conhecer do direito natural. Vejamos se podemos confirmar esta opinião com uma doutrina tal qual foi a que nos entregou o mesmo Cristo. Este divino mestre nos ensinou expressamente que toda a lei dependia de amarmos a Deus com todo o entendimento, com todo o coração e com

....

20. Hein., De Jure Nat., lib. 1, cap. 3, § 78 e § 79.

(b) Qual haja de ser o amor que devemos ter para se encher a lei, nos ensina o mesmo Heinécio, mostrando que todos os entes a quem devemos amar, ou nos são superiores, iguais ou inferiores. Aos superiores amaremos com um amor de obediência e devoção, tanto maior, quanto maiores forem as suas perfeições e a sua superioridade; aos iguais com um amor de amizade; aos inferiores com amor de benevolência.

todas as forças; e ao próximo como a nós mesmos[21]. São Paulo nos diz que toda ela se reduz ao preceito de amarmos ao nosso próximo[22], concluindo que o amor é o complemento de toda a lei[23]. Ora se quem cumpre todos os preceitos dela é quem executa tudo o que lhe dita o amor, é bem certo que ele nos dá a conhecer quanto ela determina; e por conseqüência é um evidentíssimo princípio de conhecer.

---

21. Mat., cap. 22, n. 40; Marc., cap. 10, n. 27.
22. Paul., Ad Galat., cap. 5, n. 14; Ad Rom., cap. 13, n. 9.
23. Paul., Ad Rom., cap. 13, n. 9.

PARTE II

DOS PRINCÍPIOS PARA OS DIREITOS QUE PROVÊM DA SOCIEDADE CRISTÃ E CIVIL

Já demos os princípios gerais para fundamentarmos neles as disposições do direito natural. Resta agora tratarmos dos princípios em que se deve instruir quem quiser aprender as que constituem os santos direitos que provêm da sociedade.

Mas de que sociedade falo? Eu escrevo entre um povo, que não só vive entre uma sociedade civil, mas no meio de uma sociedade cristã. Logo, devo tratar de ambas; pois que tanto de uma como de outra pode provir, e provêm de fato, leis, que lhe coatam a sua natural liberdade. Assim o farei, começando primeiramente a tratar dos princípios necessários para sabermos o que nos é preciso, como indivíduos da sociedade cristã.

CAPÍTULO 1

Da necessidade da religião revelada

Não faltaram ímpios, que seguiram que, bastando-nos somente a religião natural, não tínhamos necessidade de uma religião revelada. Esta doutrina é totalmente errônea. Vejamos o que Santo Tomás[1] nos diz. Ele pergunta se além das doutrinas filosóficas nos são necessárias outras, para podermos conhecer por meio delas não só as verdades que fogem da nossa compreensão mas as que cabem nos limites dela. Para responder a esta pergunta, distingue duas qualidades de verdades: umas que contêm coisas naturais, e outras as sobrenaturais; concluindo que, para termos um perfeito conhecimento de umas e outras, nos é totalmente necessária a luz de uma revelação divina.

> 1. Para virmos no conhecimento desta verdade, não nos é preciso mais do que refletirmos nos efeitos da primeira culpa. Nós perdemos a ciência e ficamos tão escravos da ignorância, que apenas achamos uma só coisa, sobre que não haja tantas distintas opiniões, quantos são os juízos dos homens que nelas raciocinam. Lancemos por todos esses sábios, que não tiveram os socorros de uma revelação divina, e veremos que eles confundiram e viciaram de tal sorte as

---

1. D. Thom., Sum., part. 1, quaest. 1, art. 1.

coisas mais precisas, que nem lhe deixaram uma só aparência de verdade. Que coisa mais necessária do que é o julgarmos bem de Deus? E como julgaram dele os mais sábios filósofos, que ainda hoje respeitamos como oráculos daqueles tempos? Como? Tendo-o por um ente material, por uma parte do caos, por alma do mundo; sujeito aos fados, improvidente, fraco, inútil; e enfim desfigurando de todo a sua imagem. E não discorreríamos ainda hoje assim, se uma religião revelada não desterrasse totalmente de nós as trevas daquela perniciosíssima ignorância? Quem o poderá duvidar? Somos tantos quantos podem ser as testemunhas dos nossos erros, para deduzirmos deles a capacidade que tínhamos para cairmos naqueles e em outros semelhantes absurdos.

2. Mas ainda que não nos fosse necessária uma revelação divina, para conhecermos bem o que cabe na nossa compreensão, sempre teríamos necessidade dela para virmos no conhecimento de muitas coisas que não cabem nos limites da nossa capacidade, nem se podem alcançar por meio da natural religião. Sim, a religião natural nos pode mostrar que devemos propiciar a Deus; porém não nos pode mostrar os meios, pelos quais o devemos propiciar. Que razão humana poderá conhecer que um jejum, uma oração há de ter eficácia para satisfazer a uma justiça, que ela mesma reconhece ser infinita? Que conhecimento poderá firmemente julgar que Deus, por breve espaço de o servirmos, nos há de querer premiar com uma felicidade eterna[2]? Por isso muitos filósofos antigos sentiram tão mal do prêmio e do castigo que haviam ter as almas depois de separadas

---

2. Pufend., De Offic., lib. 1, cap. 4, § 8; Hein., Ad eund., ibi.

dos seus corpos[a]. Logo, havemos de confessar que carecemos de uma comunicação da Sabedoria Divina, que não só nos mostre o que nós não podemos alcançar naturalmente, mas que, certificando-nos das que podemos conhecer, nos guie os passos pelo caminho da virtude, da justiça e da verdade.

3. Como, depois de admitirmos a necessidade que temos de uma religião revelada, havemos também admitir a existência dela, a não negarmos a bondade e a providência de Deus – vamos a mostrar que não pode haver mais do que uma religião revelada, para vermos depois que só a nossa é verdadeira, e todas as mais conseqüentemente falsas. Para conhecermos que a religião deve ser só uma, não precisamos recorrer aos textos da Sagrada Página, que assim o declara e ensina, já figurando-nos a Igreja em uma só cidade[3], já quando nos referem as palavras de Cristo, mandando pregar o Evangelho a toda a criatura, dizendo[b]: "que todo o que crer e se batizar se salvará, e todo o que não crer se perderá"[4]. Sim, não é preciso valermo-nos deste socorro, bastará somente a natural razão; se concedêssemos que havia mais religiões reveladas, havíamos confessar, ou que todas

....

(a) Os estóicos disseram que as almas dos maus, gravadas com a maldade da matéria, se haviam agitar no ar, até que esta se dissipasse; e nisto é que punham o inferno. Dos espíritos dos bons diziam que, como eles não estavam tão gravados na maldade da matéria, haviam de subir à lua e lutar de tal sorte com o fogo túrbido, até que se purificassem de todo, para se elevarem às estrelas (Vern., Append. ad Philos. et Theol., p. 1, lib. 1, p. 47). Os pitagóricos disseram que as almas boas se tornavam a meter nos corpos bons, e as más nos dos brutos, e isto por tantas vezes, até que se purgassem totalmente e se tornassem a unir ao fogo divino, de que foram tiradas.

3. Apoc., cap. 21, n. 2.

(b) Os indiferentistas diziam que todas as religiões eram dadas por Deus. Daqui tiraram que nos podíamos salvar em qualquer que seguíssemos.

4. Marc., cap. 16, ns. 15 e 16.

eram entre si conformes, ou entre si opostas. E que conseqüência se seguia de semelhante confissão? Forçosamente seguir-se-ia uma de duas: se admitíamos que eram todas entre si conformes, seguia-se que havia uma só religião, pois a multiplicação das cópias de uma lei não induz em multiplicação de preceitos; se confessássemos que eram todas entre si opostas, então fazíamos a Deus mentiroso, capaz de proibir a uns umas coisas ou ações como nocivas, depois de as ter mandado a outros como úteis e necessárias. E como não podemos conceber uma tal idéia de Deus, também a natural razão nos está dizendo que não pode haver mais de uma só religião, pois que todas quantas podemos conceder haviam de ser conformes e conseqüentemente não distintas.

CAPÍTULO 2

Da verdade da religião cristã

Depois de mostrarmos a necessidade que temos de uma religião revelada, e depois de dizermos que não pode haver mais de uma religião verdadeira, passemos a mostrar que é a única e a verdadeira a que Cristo Jesus nos ensinou. Para conseguirmos pois este fim que nos propomos, devemos primeiramente mostrar que houve este homem Deus, a quem denominamos Jesus Cristo.

1. Da Sagrada Escritura consta... Mas não recorramos a ela, nem ao testemunho dos Santos Padres; não atendamos ao dito de cristão algum; sim, suponhamos que todos eles são suspeitosos; e vamos buscar os escritos daqueles que, seguindo o gentilismo ou religião diversa, podem fazer uma prova legalíssima da sua existência, não para nós, que dela não duvidamos, mas para todos. Tácito, escrevendo dos cristãos, expressamente diz "que eles do mesmo Cristo receberam semelhante nome"[1]. Plínio fala dele[2], Suetônio também[3]. E os próprios maometanos o têm por um profeta grande[4]. Logo, se até os gentios, que

....
1. Tácit., lib. 15.
2. Plínio Jun., lib. 10, Epist. 97.
3. Suet., Claud., cap. 25.
4. Alcor., Azoara, 29, § 2.

escreveram naquele tempo, falaram nele, é bem certo que não podemos duvidar de semelhante verdade, a não negarmos toda a verdade e a fé às escrituras dos sábios contemporâneos e totalmente desinteressados.

2. Depois de conhecermos que houve Cristo, havemos de confessar que é verdadeiro filho de Deus. Para confessarmos a sua divindade, além da fé, que expressamente assim o ensina[5], basta que façamos uma prudente reflexão nos seus prodígios. Ele com sete pães e poucos pequenos peixes saciou a fome de quatro mil homens, além das mulheres e meninos[6]. Em outra ocasião obrou o mesmo prodígio com cinco pães e dois peixes a cinco mil varões, além dos meninos e mulheres[7]. Ele passeava sobre os mares[8], curava todas as enfermidades[9], afugentava demônios[10] e ressuscitava os mortos[11]. E quem poderá contemplar em semelhantes prodígios, sem que logo conceba que, para semelhantes prodígios se obrarem, eram precisas forças e poder mais que humano? Nem podemos pôr estes milagres por apócrifos; pois quando não bastasse a autoridade das Sagradas Letras, vemos que os próprios inimigos do nome cristão, quais foram um Celso[12], um Juliano[13] e outros não os puderam negar.

....

5. Mat., cap. 3, n. 17, cap. 17, n. 5, Joan., cap. 1, n. 34, Ad Haebr., cap. 5, n. 8; Petr., 2, cap. 1, n. 17.
6. Mat., cap. 15, n. 38; Marc., cap. 8, n. 9.
7. Mat., cap. 14, n. 21; Marc., cap. 6, n. 44.
8. Mat., cap. 14, n. 26; Marc., cap. 6, n. 49.
9. Mar., cap. 7, n. 35, cap. 8, n. 25; Luc., cap. 4, n. 40.
10. Mat., cap. 15, n. 28, c. 17, n. 17; Marc., c. 5, n. 13; Luc., 4, 35.
11. Marc., cap. 5, n. 21; Joan., cap. 11, n. 44.
12. Oríg., lib. 2.
13. S. Syril., lib. 6.

3. Mas poderíamos dizer que Cristo era um puro homem[(a)], e que estes prodígios obrara, ou por arte do demônio ou por virtude de Deus? Não, por arte do demônio, como os judeus lhe disseram, não; se ele lançava fora das criaturas os mesmos demônios, vinha a ser um destruidor do seu próprio reino, o que implica[14]; por Deus também não, porque não devia dar Deus a sua virtude a um homem tão ímpio, que, sem o ser, se intitulasse por filho seu[15]. Logo, não só havemos de dizer que houve Cristo, mas que este era filho verdadeiro de Deus, como a religião ensina, e sinceramente confessamos.
4. Depois de mostrarmos ser Cristo verdadeiro Deus, não careceríamos nada mais para provarmos a santidade da nossa religião; porque, sendo ela ensinada por este divino mestre, não pode deixar de ser a única, a santa e a verdadeira. Mas não fiquemos aqui. Lancemos os olhos a todo o mundo donde se segue o cristianismo; vejamos o modo com que foi propagado, e tiraremos outra prova evidentíssima da sua santidade. Os primeiros povos que abraçaram o cristianismo não só tiveram reis que os violentassem, ou ao menos os animassem com os seus exemplos, mas antes pelo contrário tiveram por espaço de três séculos imperadores e tiranos que os perseguiram[(b)].

....

(a) Secino negou que Cristo era filho de Deus. Cerinto, discípulo de Simão Mago, o mesmo (D. Iren., lib. 1. Cap. 25). Carpócrates também disse o mesmo, e que era um puro homem (Tertuliano, De Proescrip., cap. 48). Os gnósticos disseram que ele não era Deus, mas que Deus estava nele somente.

14. Luc., cap. 11, n. 17; Math., cap. 12, n. 25; Marc., c. 3, n. 23.

15. Mat., cap. 8, n. 10, cap. 17, n. 17.

(b) Constantino, que foi o primeiro imperador cristão, imperou no fim do terceiro século e princípio do quarto. É de advertir que este imperador não foi o primeiro cristão, pois antes dele o tinha sido Felipe, seu predecessor, e por isso morto por Décio; e dele se faz menção na Vida de S. Lourenço; e se diz que foi Constantino o primeiro cristão, porque foi o primeiro que professou publicamente a religião católica.

Não obstante isso, propagou-se de tal forma a religião nestes séculos, que já no seu tempo dizia Tertuliano que os católicos enchiam as cidades, as ilhas, os castelos, os municípios, os palácios, as decúrias, o senado, e que só deixavam ao gentilismo os templos[16]. Os cristãos, para levarem a toda a parte o nome de Cristo, se expunham aos martírios mais atrozes, sem que os exemplos de uns acovardassem aos espíritos dos outros. Ora, sendo a fragilidade humana tal, que mudará de lei por não perder a vida, como deixaremos de conceber que um espírito divino não inflamava o coração daqueles povos, para abraçarem aquela lei como santa, quando vemos que eles não só deixavam livremente o paganismo, em que foram criados, para a seguirem, mas ainda se expunham voluntariamente por ela aos mais execrandos tormentos? Esta constância de ânimos e zelo da religião não só se experimentou naqueles primeiros tempos, mas em todas as mais ocasiões em que se descobriram terras remotas, e fora do grêmio da verdadeira Igreja.

5. Pudéramos alegar também a extensão da religião cristã. Ela domina em toda a Europa; e ainda na única parte em que domina o maometismo, achamos os gregos habitadores originários deste país, cultores do cristianismo. Ela se estende por toda a Ásia, e pelas suas inumeráveis ilhas; por África; e por quase toda a América, à exceção de algumas terras ocultas ao trato dos europeus, especialmente portugueses e espanhóis. Enfim, não há religião com quem se compare no número dos seus cultores. Pudéramos também alegar que ela é abraçada dos povos mais cultos e melhor instruídos em todo o gênero de ciências e letras. Daqui podíamos deduzir que nem era

---

16. Tertul., Apol. 2.

crível que os melhores fossem os que se enganassem, nem tampouco verossímil que Deus consentisse que uma religião falsa se dilatasse mais do que a verdadeira. Mas passemos estes argumentos sem maior indagação, e vamos buscar outros mais sólidos na santidade dos livros, donde tiramos os seus fundamentos.

6. Os livros de que se compõe a Bíblia são aos que chamamos "palavra de Deus escrita"[17]. Provemos pois em primeiro lugar a santidade dos livros que compõem o *Testamento Velho*; e depois provaremos a dos que compõem o *Testamento Novo*. O primeiro argumento da sua santidade é a pureza e a sublimidade da doutrina que em si encerra. Nós vemos neles uma perfeitíssima recompilação de todos os direitos da Natureza[18]. Um compêndio de direito civil em tudo justo, em tudo santo[19]. Uma explicação do ofício dos juízes[20], das obrigações dos pais[21] e dos filhos; dos ofícios da humanidade para com os pobres[22] e peregrinos[23]. Enfim, uns preceitos e uns conselhos dignos em tudo de um legislador e de um mestre divino. A solidez desta doutrina nos está claramente mostrando que ela não podia sair de um entendimento meramente humano, corrupto e submergido nas trevas da ignorância, quando vemos as doutrinas dos mais antigos sábios cheias de mil erros e de mil quimeras.

....

17. D. August., Com. 2 in Psal. 90; D. Joan., Vhris., Hom. 2 in Genes.; Div. Greg. Magn., lib. 4, Epist. 84.
18. Êxod., cap. 2; Deut., cap. 5, n. 6.
19. Êxod., cap. 22, cap. 32.
20. Êxod., cap. 13.
21. Eclesiástico, cap. 7, n. 25, cap. 26, n. 13.
22. Ecles., cap. 4; Tub., cap. 4, n. 7.
23. Levít., cap. 19, n. 39.

7. A segunda prova da santidade destes livros são as profecias, de que os vemos cheios. Nós lemos que Ezequiel[24] profetizou o cerco de Jerusalém; Miquéias[25] a sua destruição; Jonas[26] a submersão de Nínive; Abacuc[27] a desolação da Babilônia. E enfim não há um só livro no *Testamento Velho* em que, se repararmos, não vejamos resplandecer o espírito da profecia. Ora, sendo as profecias umas declarações das coisas que hão de suceder, feitas em tempo, em que ainda não pode haver delas o menor indício, é bem certo que não se podem fazer, sem que sejam inspiradas por um ente, a quem os futuros sejam presentes. Logo, não havendo outro ente que conhecesse os futuros, senão Deus, não se podiam escrever sem os socorros de uma inspiração divina.
8. A terceira prova são os milagres. Não dividiu Moisés as águas do Mar Vermelho, para livrar o seu povo das iras de Faraó[28]? Não fez copiosa fonte de uma pedra, só ao leve toque da sua vara[29]? Não obedeceu o sol e a lua ao império de Josué[30]? Eliseu não deu a vida a um menino[31]? Elias não alcançou chuvas nas maiores esterilidades[32]? Eliseu não sarou e purificou as águas infeccionadas, em nome do Senhor[33]? E o mesmo Elias não fez descer fogo do céu por tantas vezes[34]? Os muros de Jericó não caíram por terra à

----

24. Ezeq., cap.4.
25. Mich., cap. 3, n. 12.
26. Joan., cap. 3.
27. Habac., cap. 2.
28. Êxod., cap. 4, n. 21.
29. Êxod., cap. 17, n. 6.
30. Josué, cap. 10, n. 13.
31. Reg., 4, cap. 4, n. 33.
32. Reg., 3, cap. 16, n. 31.
33. Reg., 4, cap. 2, n. 20.
34. Reg., 3, cap. 16, n. 45.

vista da Arca e às vozes das trombetas[35]? E poderemos dizer que estes e outros muitos milagres podiam ter outro autor que não fosse Deus? Só o dirá, ou quem negar que estes fatos sejam sobrenaturais, ou quem quiser entender as forças do homem donde só pode chegar um ente infinitamente poderoso.

9. Mas que diremos nós do estilo com que estão escritos semelhantes livros? Quem não repara neles uma frase tão sublime e ao mesmo tempo uma simplicidade tão bela, só poderá deixar de conhecer que eles excedem muito a toda a eloqüência humana. Examinaremos mais a santidade do *Testamento Novo*.

10. A santidade do *Novo Testamento*, para nós a conhecermos, não é nada mais necessário do que vermos que todos os livros dele foram escritos por aqueles santos homens, que não só viveram com Cristo, mas que dele beberam, como discípulos seus, todas as santas doutrinas, que depois escreveram. Que eles são de S. Pedro, de S. Paulo, de S. Marcos, de S. Lucas e de outros mais em cujos nomes correm, é uma verdade incontrovertida e que o mesmo Juliano confessa[36]. Que homem cordato negará que as obras de Virgílio e Homero sejam suas, depois de o testeficarem todos os romanos e gregos? Assim, pois, não podemos duvidar que são aquelas obras dos Apóstolos e Evangelistas, depois de o afirmarem todos os autores daqueles tempos que eram os que podiam ter notícia da verdade[37], e de terem corrido nos seus nomes sempre.

11. A solidez da sua doutrina é outra prova manifesta da sua santidade. Faremos uma fiel recompilação dela,

---

35. Josué, cap. 6, n. 10.
36. Siril., lib. 10.
37. Grot., De Verit. Rel. Christ., lib. 3, § 2.

ajuntando também a que vemos no *Testamento Velho*, que ainda não alegamos, para provarmos também a divindade de ambos. Eles nos ensinam ser Deus onipotente[38], uno[39], eterno[40], invisível[41] e incircunscrito[42]; enfim, um juiz reto, que premia e castiga conforme os nossos merecimentos[43]. E é isto que lemos nos antigos filósofos? Em todo o discurso deste tratado temos já expendido várias opiniões deles, que bastavam para nos mostrarem que eles tiveram sentimentos mui alheios da verdade.

12. Mas não fiquemos somente na coleção que fizemos das doutrinas teóricas; vamos fazer outra das doutrinas práticas, que achamos no mesmo *Testamento Novo*; e veremos que a santidade delas nos dá prova evidentíssima da sua divindade. Nele se nos ensina que devemos amar a Deus sobre todas as coisas[44] e obedecer a todos os seus preceitos[45], que sejamos moderados nos enfeites[46], honestos nas ações[47], prudentes em tudo[48]; que os filhos vivam obedientes aos pais[49], as mulheres aos maridos[50], os servos aos senhores[51], os vassalos aos soberanos[52]; e, enfim, que

....

38. Gênes., cap. 17, n. 1; Mat., cap. 19, n. 27.
39. Deuter., cap. 4, n. 35; Marc., cap. 12, n. 29.
40. Gênes., cap. 21, n. 33; Ad Rom., cap. 16, n. 26.
41. Êxod., cap. 33, n. 20; Ad Thim., 1ª, cap. 8, n. 16.
42. Reg., 3, cap. 8, n. 27; Act., cap. 17, n. 24.
43. Eclesiástico, cap. 25, n. 22; Act. Cap. 17, n. 31.
44. Mat., cap. 22, n. 3; Luc., cap. 10, n. 27.
45. Mat., cap. 15, n. 3.
46. Ad Thim. 1, cap. 2, n. 9.
47. Ad Philip., cap. 4, n. 8.
48. Ad Ephes., cap. 1, n. 8.
49. Ad Colos., cap. 3, n. 20.
50. Petr., cap. 3, n. 6.
51. Ad Ephes., 1ª, cap. 22, n. 39.
52. Ad Rom., cap. 13, n. 20.

amemos a todos[53]. Ora qualquer destes preceitos é de tal natureza que não carece, para se provar a sua justificação, nem ainda alegar-se a santidade do seu autor; ainda que fossem dados por um homem que não fosse Deus, nem instruído e iluminado por espírito divino, eles *per si* se faziam merecedores da mais exata observância.

13. Temos mostrado quanto é necessário para virmos no conhecimento da santidade da nossa religião. Resta que agora provemos a falsidade das outras com alguma razão tirada dos seus mesmos princípios, para vermos de todo a evidência desta sólida doutrina. Nós não achamos religião diversa da nossa, que não seja ou paganismo, ou judaísmo, ou maometanismo. Para refutarmos o paganismo, nada mais carecemos do que refletirmos nas suas superstições, e no quanto é ridículo e alheio de toda a razão o venerarmos por Deus ao sol, a lua, as estrelas, os animais, e a outros semelhantes entes, que como criados, não são dignos do nosso culto. Para adversarmos também o judaísmo, bastará vermos que, crendo os mesmos judeus na extinção da sua lei com a vinda do Messias, e tendo por fundamento dela e por palavras de Deus os livros do *Testamento Velho*, deles mesmos é prova a vinda do Messias prometido; e por conseqüência a extinção da sua lei. Daremos uma prova evidentíssima de que tem já chegado o Messias.

14. O profeta Daniel vaticinou que, depois de se reedificar Jerusalém, havia nascer Cristo dentro do espaço de quinhentos anos[54]; e, sendo passados já mais de dois mil[(c)], ou havemos de confessar que a profe-

....
53. Mat., 22, 39; Marc., 12, n. 31, e Ad Rom., cap. 12, n. 20.
54. Daniel, cap. 9, n. 25.
(c) Daniel, que nasceu no 25º ano do reinado de Josias, 3419 da criação do mundo, havia de falar na sua profecia da primeira vez, que depois dela se

cia foi falsa, que não dirão nem os mesmos judeus, ou que o Messias já veio, e que este foi Cristo; pois que não vemos outro que o pudesse ser, e vemos nele verificadas todas as circunstâncias que deviam concorrer no verdadeiro Messias, e que estavam profetizadas. Ele nasceu da tribo de David[55]. Isto é o que se continha na profecia de Jeremias[56]. Em Betlém[57]; e aqui se cumpriu a de Miquéias[58]. Ele nasceu de uma virgem[59]; o seu nome foi Manuel[60]. Galiléia, a parte onde principiou a ensinar[61]. E aqui se completaram as profecias de Isaías[62]. Esta coerência bastava somente para nos persuadir que ele era o verdadeiro Messias, inda que não tivéramos mais provas desta verdade.

....

assolasse Jerusalém, e se tornasse a levantar. E destruindo-se esta a primeira vez, depois da profecia por Nabuco, na era de 3443, e levantando-se depois, por faculdade de Ciro, pelos anos de 482, antes da vinda de Cristo – que por estas contas foi dentro do espaço profetizado por Daniel, ou havemos ter por falsa a dita profecia, ou por completa com o nascimento de Cristo. Além de que Malaquias, que viveu pelos anos de 3585, 450 anos antes de Cristo, profetizou que o Senhor mandava o seu Anjo a preparar-lhe o caminho; e que não tardava o dominador do Templo (Malaq., cap. 3, n. 1). Ora, profetizando este depois que se levantou Jerusalém, parece que confirma ser esta reedificação a de que trata a profecia de Daniel; pois a não ser assim, não se podia verificar a brevidade com que Malaquias o esperava; porque seria preciso que se destruísse outra vez Jerusalém, e se tornasse a levantar, para se começarem a contar as 69 hebdômadas de Daniel. Nem é crível que, se o Messias não tivesse vindo, consentisse Deus que os judeus estivessem anos ou séculos sem lei, sem príncipe, sem altar, enfim, e sem sacrifícios. (Veja-se a profecia de Oséias, cap. 3, n. 4 e junte-se a de Isaías, cap. 8, n. 14.)

55. Mat., cap. 1, n. 1.
56. Jerem., cap. 23, n. 5.
57. Mat., cap. 2, n. 1.
58. Miq., cap. 5, n. 2.
59. Luc., cap. 1, n. 24.
60. Mat., cap. 1, n. 23.
61. Mat., cap. 4, n. 14.
62. Isaías, cap. 7, n. 14, e cap. 9, n. 1.

15. E que diremos da religião maometana? Para mostrarmos a sua falsidade, não legaremos a lassidão das suas doutrinas, como é uso de muitas mulheres[63], e outras; nem as ridicularias fabulosas, de que está cheia, como são a de um rato que nasceu do esterco de um elefante, na arca de Noé[64]; a de uma mulher formosa, que aprendeu de uns anjos bêbados um verso, com que sobe e desce do céu[65], e outras semelhantes, porque nos basta discorrer no modo com que foi publicada, e nas qualidades e virtudes do seu mestre. Ela foi intimada à força de armas[66]; e o seu mestre, Maomé, um puro homem, ladrão por muitos anos, e toda a vida luxurioso[67]. Ora não são más virtudes estas para constituírem a um homem profeta, digno de ser ilustrado por uma inspiração divina, e mandado por Deus para mestre do seu povo! Isto era o mesmo que pôr um lobo para pastor de um rebanho de cordeiros.

---

63. Alcor., Azoara 8.
64. Vem no livro da doutrina de Maomé.
65. Vem no dito livro.
66. Alcor., Azoara 3 e 17.
67. Crôn. de Mahom., vertida do arábico.

CAPÍTULO 3

Da igreja cristã e das suas propriedades

Depois de mostrarmos a necessidade que temos de uma religião revelada, e depois de provarmos ser somente verdadeira a religião cristã, devemos concluir confessando que havemos de ter uma sociedade religiosa, ou uma igreja, donde se possa conservar sempre pura esta santa e necessária doutrina. Que Cristo estabeleceu esta igreja ou sociedade, é coisa incontrovertida, pois que deu o cuidado de reger o seu rebanho a Pedro; e na verdade não lho daria, se os cristãos todos não formassem um corpo, que carecesse de cabeça e de pastor.

1. Esta igreja se pode definir: uma congregação de fiéis, que seguem a religião de Cristo, debaixo do regime do seu legítimo pastor. Daqui se segue que todo o que seguir a doutrina do Evangelho, ou seja bom ou seja mau, há de ser legitimamente membro desta sociedade[a]; o que manifestamente nos disse o mesmo Cristo[1], na comparação que fez do reino do céu com uma rede, que, lançando-se no mar, apanha toda a

....

(a) João Huss disse que o precito, ainda quando estava em graça, atendendo à justiça presente, não era parte da Igreja; pelo contrário, era um predestinado, que ainda que perdia a graça adquirida, não perdia a graça da predestinação. Isto foi condenado no Concílio de Constança, Sect. 45.
1. Mat., cap. 13, n. 14.

quantidade de peixes; os quais trazidos à praia, aí se separam os bons, que se guardam, dos maus, que se lançam fora.

2. Mas poderemos conceder mais que uma só igreja? De nenhuma sorte; pois sendo somente a única e a verdadeira religião de Cristo, há de também ser única e verdadeira a sua igreja, ou sociedade cristã. Cristo não guardou nem entregou a S. Pedro mais do que um só rebanho. Por isso a igreja de Cristo se figura em um só jardim, em uma só fonte[2], em uma pomba[3], em uma vinha[4] e campo[5], e em uma só arca de Noé[6], que ninguém se salvará fora dela, assim como também fora daquela ninguém se salvou do universal dilúvio.

3. Provados que não pode haver mais do que uma só igreja, pois não pode haver diversos sacramentos e diversas doutrinas, nem mais do que um só sacrifício e uma só cabeça, havemos de concluir que as igrejas que seguem a religião de Cristo com erros, e por isso separadas do grêmio da verdadeira igreja Romana, não são verdadeiramente igrejas de Cristo, mas sinagogas do Anticristo, como lhes chamam S. Hilário e outros[7].

4. Depois de confessarmos ser uma só igreja de Cristo, havemos de afirmar que é também universal; o que não só se deve entender enquanto à universalidade das doutrinas, mas também enquanto à universalidade do lugar; pois que ela não se deve prefinir em uma só província, ou em um só reino, mas sim estender pelo mundo todo[8].

....

2. Cant., cap. 4, n. 12.
3. Cant., cap. 6, n. 8.
4. Cant., cap. 2, n. 15.
5. Mat., cap. 14, n. 24.
6. Div. Hieron., Epist. ad Damos.; Pap. D. Gregor., lib. 35, Moral., cap. 6.
7. Mat., cap. 18, n. 20.
8. Joan., cap. 14, n. 16.

5. Porém não basta que confessemos que a igreja de Cristo é una e universal. Devemos também de a julgar infalível nas disposições da fé, e santa em todas as mais determinações que se dirigirem a guiar-nos por meios oportunos ao fim da perfeição e santidade. Devemos confessar a sua infalibilidade; porque Cristo lhe prometeu a sua assistência para sempre, e também a do Espírito Santo; e é impossível que possa errar um corpo iluminado por uma ciência divina e firmamento da verdade[9]. Devemos também de a confessar santa em todas as mais doutrinas; porque sendo ela a casa do Senhor, não lhe convém senão a santidade[10]; e sendo esposa de Cristo, como tal não lhe podemos considerar a menor mácula e defeito.

6. A última propriedade, que devemos considerar na igreja de Cristo, e a sua permanência e perpétua duração. O mesmo Cristo não disse que as portas do inferno não prevaleceriam contra ela[11]? Não prometeu que ele havia de a defender e que o Espírito Santo lhe havia assistir até à consumação dos séculos[12]? Logo, não podemos conceder de forma alguma a sua total ruína e extinção.

---

9. Paul., Ad Thim., cap. 3, n. 15.
10. Salm., 92, n. 5.
11. Mat., cap. 16, n. 18.
12. Joan., cap. 14, n. 16.

CAPÍTULO 4

Do poder da igreja

Depois de admitirmos uma igreja ou sociedade cristã, não podemos deixar de confessar que há nela precisão de um imperante sumo, a quem todos os fiéis reconheçam uma total obediência e sujeição; pois assim como na sociedade civil deve haver uma cabeça, que dirija as partes dela ao fim da felicidade temporal, assim também na república cristã, há de haver um imperante sumo, que dirija as partes dela ao fim da felicidade eterna.

1. Para virmos no claro conhecimento desta verdade, não carecemos mais que refletirmos que, não podendo deixar de haver entre os membros da sociedade cristã muitas dúvidas, já sobre doutrinas da fé, já muitas pertencentes a costumes, já enfim muitos perversos que, depois de se perderem, haviam perverter aos mais com os seus torpes exemplos e conselhos falsos e nocivos, seria tudo uma confusão e desordem, se não houvesse um superior tal, que não só as suas disposições em matérias de fé se julgassem infalíveis, e as suas leis em matérias de costumes se acreditassem santas, mas que se armasse do poder de castigar aos maus, para exemplo e conservação dos outros. Que Cristo, senhor nosso, deu à sua igreja o poder de decidir de fé, de castigar aos

maus para exemplo dos outros, e de pôr leis úteis para nos conduzir oportunamente ao fim da salvação eterna, é uma verdade incontrovertível e que a cada passo encontramos na lição dos Evangelhos. Vamos pois a mostrar em como na igreja de Deus não pode haver mais do que um imperante sumo; e depois passaremos a ver qual é este imperante.

2. Que a igreja de Deus não pode estar com mais de um sumo imperante, é proposição de que só duvidará o destituído de razão. Nós a vemos figurada em uma cidade[1] e em um rebanho; e nem aquela para ser bem governada pode ter mais de uma só cabeça, nem este mais de um só pastor; por isso o mesmo Cristo disse que ele tinha, sem pertencerem ao seu rebanho, mais cordeiros; e que era necessário que eles ouvissem a sua palavra divina, para que se fizessem um só rebanho e um só pastor[2]. A sociedade entre dois sumos imperantes não pode deixar de ser uma perpétua confusão; porque, mandando um alguma coisa oposta às disposições do outro, nem saberão os súditos a quem devem obedecer. Logo, não podemos deixar de dizer que na Igreja não pode haver mais do que um só poder supremo; o que se prova bem da unidade que deve ter, pois que ela não pode ser mais que um só corpo e um só espírito[3], um só coração e uma só alma[4].

3. Mas a quem diremos que deu Cristo o poder que se havia exercitar na sua igreja? Devemos fazer uma diferença do poder, enquanto à propriedade, ao poder, enquanto ao exercício. Se falamos da proprie-

----
1. Apocal., cap. 21, n. 10.
2. Joan., cap. 10, n. 16.
3. Paul., Ad Ephes., cap. 4, n. 4.
4. Act. Apost., cap. 4, n. 22.

dade do poder, é certo que não a deu a um só homem, mas sim à unidade de toda a Igreja. Se falamos do exercício genericamente tomado, devemos também confessar que Cristo o deu a todos os discípulos, para que estes o exercitassem; pois que a Igreja não era pessoa alguma que o pudesse exercitar. Se falamos, enfim, de qual seja aquele corpo que Cristo constituiu superior a tudo, e que só a Deus reconhece por superior, é matéria opinativa. Uns fazem a Igreja monarquia, e o Papa a sua suprema cabeça. Outros a fazem aristocracia, e o Concílio o seu tribunal supremo.

4. A opinião que o Papa é superior ao Concílio, não deixa de ser firmada em razões gravíssimas e abraçada de quase todos os espanhóis e italianos; e contudo eu me inclino mais à oposta, que põe ao Concílio Universal por superior ao Papa, seguida por Duarendo[5], Pedro de Marcha[6] e pela torrente dos teólogos parisienses[a]. Façamos uma breve explicação do que é Concílio Universal, para se poder perceber melhor a força dos nossos fundamentos. O Concílio Universal é um corpo moral que representa a Igreja toda; pois assim como as cortes juntas representam moralmente a sociedade civil, assim também todos os

....

5. Duarendo, De Sacr. Eccles., lib. 8, cap. 11.
6. Pedro de March., Concord. Sacerd. et Imper., lib. 3, cap. 7, n. 1.

(a) Sei que muitos julgam esta opinião errônea; mas tomara que me dissessem se, não estando por tal declarada, mas sim seguida por uma e por outra parte por muitos doutos, qual será a maior razão para que da contrária não possamos fazer igual conceito. É certo que só é opinião errônea a que se aparta da verdade, e como tantos podemos julgar de uma como da outra, enquanto a Igreja não decidir toda a controvérsia, não pode entrar o zelo em semelhante matéria; porque o verdadeiro zelo consiste no amor à verdade e à razão. Tão zelosos são os que dão o supremo poder ao Papa, entendendo que lhe pertence, como os que o atribuem ao Concílio, porque assim o julgam.

bispos da cristandade juntos representam a Igreja toda moralmente, e a sociedade cristã[b]. Daqui se segue que não podemos julgar por universal a um Concílio, para o qual não fossem convocados os bispos todos do Cristianismo.

5. Os fundamentos em que se funda a nossa opinião são os seguintes: Primeiro, a igreja universal é mãe de todos[7] e conseqüentemente do mesmo Papa; e seria absurdo o pormos a mãe inferior ao filho. O segundo é que a Igreja é um corpo, de que são membros todos os fiéis; e não havemos pôr uma só parte, qual é o Romano Pontífice, superior ao todo. Isto se prova com o testemunho de S. Jerônimo, referido por Graciano, que diz: "se se procura qual seja a maior autoridade, se a do mundo, se a da cidade, é certo que a do mundo é maior", isto é, que a da Igreja é maior do que a do Papa[8]. O terceiro é que nós havemos julgar por superior aquele tribunal para o qual se remetem os réus, para ultimamente se julgarem: os réus remetem-se do Pontífice para o Concílio; logo, o Concílio deve-se julgar por superior ao Papa. Para vermos que os réus se remetem do Papa para o Concílio, não carecemos senão refletir nas palavras de Cristo, que, falando com Pedro, futuro Pontífice, lhe disse "que se alguém pecasse, o repreendesse entre si e ele; e que se não o ouvisse, ajuntasse duas ou três testemunhas; e que se ainda o não ouvisse, o dissesse à Igreja; e que se nem também a ouvisse, ele então o julgasse como étnico e publicano"[9]. Muitos

....

(b) A este Concílio Universal se chama também "ecumênico", deduzido da palavra grega *ecumene*, que significa "todo o mundo".
7. Paul., Ad Galat., cap. 4, n. 26.
8. Tx. in cap. Legimus, Dist. 23.
9. Mat., cap. 18, ns. 15, 16 e 17.

alegam alguns fatos, como o de Felipe Fermoso, rei de França; e de Guálter, bispo pitaviense[10], e de outros que apelaram para os futuros concílios dos Pontífices; mas como os contrários nos alegam outros extremos opostos, julgamos por pouco firme semelhante prova. O quarto fundamento, e o mais sólido, na minha opinião, é que, querendo Cristo fazer infalível a sua Igreja, não havia de dar a infalibilidade àquele corpo que reconhecesse superior. Nós porém vemos que deu a infalibilidade à Igreja, e assim ao Concílio. Logo, havemos dizer que o Concílio não reconhece superioridade alguma. Mas como mostraremos nós com a precisa concludência que a infalibilidade está no Concílio? É sem dúvida que devemos recorrer à Sagrada Página, nos lugares que o provam. Vemos nela se chama a Igreja coluna e firmamento da verdade[11]. Lemos que o Espírito Santo foi igualmente prometido a todos os Apóstolos[12] e que Cristo prometeu que ele aí estaria, donde dois ou três deles, convocados no seu nome, se ajuntassem[13]. E poderemos entender este texto de forma que neguemos que nele falava Cristo dos Concílios? Só assim dirá quem, não querendo entender o expresso das suas palavras, também se animar a desprezar as disposições do Concílio Calcedonense[14] e do Papa Inocêncio[15], que assim o declararam. Esta doutrina se prova também evidentemente com fato dos mesmos Apóstolos. Duvidou-se se as pessoas novamente convertidas à fé se deviam circuncisar; e decidiu

....
10. Rousel., Hist. Pontif., Lib. 3, cap. 3, n. 10.
11. Paul., Ad Thimot., 1ª, cap. 3, n. 15.
12. Joan., cap. 14, ns. 13 e seguintes.
13. Mat., cap. 18, ns. 19 e 20.
14. Synod. Calced., in Epist. ad Joan.
15. Tx. in cap. De quibus, 20 dist.

S. Pedro que não; e não foi bastante para que S. Tiago não desse sobre a mesma decisão o seu voto, confirmando o sentimento de S. Pedro; e a carta que se escreveu aos povos foi escrita em nome de todos, dizendo-se "que assim parecera ao Espírito Santo e a eles"[16]. Ora parece que, se o voto de Pedro fosse bastante e que, se o Espírito Santo não assistisse a todos, nem S. Pedro daria o seu parecer, nem a carta se escreveria em nome dos mais Apóstolos; e menos se diria que assim pareceu ao Espírito Santo e a eles. O quinto fundamento é uma expressa decisão do Concílio de Constança[17], repetida no Concílio de Basiléia[18]. E ainda que uns dos opostos digam que esta decisão do Concílio de Constança não tem autoridade pela falta de confirmação, com o suposto fundamento de que só foram confirmadas por Martinho 5º as suas decisões, que foram conciliarmente feitas e respeitavam à fé, e outros também respondam que ele só julgou superior o Concílio no caso em que o Pontífice desse ocasião ao cisma, contudo nem uma nem outra resposta me satisfaz. A primeira não, porque acho que esta matéria não é tão pouco interessante, que não possa cair nela uma decisão de fé; e pois os mesmos antigos nos julgam por herética a nossa opinião, antes de termos uma formal decisão da Igreja, como poderão negar que esta matéria é tocante à fé, e por conseqüência compreendida na confirmação de Martinho 5º? A segunda também nada satisfaz; porque o Concílio geralmente decidiu que ele era superior ao Papa em todas as coisas que respeitavam à fé e à reforma da

---

16. Act. Apost., 15, ns. 19 e 28.
17. Concil. Constan., Sect. 4.
18. Concil. Basil., Sect. 33.

Igreja; e se o Concílio decidisse que só era superior ao Papa nas decisões dos cismas, para declarar qual fosse o verdadeiro, como no caso de João 22º, não havia definir que também o era em tudo o que respeitasse à reforma universal da Igreja e fé, pois as decisões da fé e as reformas universais da Igreja são coisas mui diversas da declaração do verdadeiro Papa. Mais pudéramos dizer sobre a decisão deste Concílio e sobre a do de Basiléia, que os contrários põem por cismático; mas nem o pede a brevidade do nosso estilo, nem o julgo necessário para um principiante adquirir uma luz desta importante matéria.

6. Justo é examinar também os primeiros fundamentos da opinião contrária. Alega-se que S. Pedro foi a pedra sobre que fundou Cristo a sua Igreja[19]; que a ele foi a quem Cristo deu o poder de decidir a fé, pois que foi o único por quem rogou a seu Eterno Pai, para que a fé lhe não faltasse[20]; que a ele deu o poder de que tudo quanto ligasse na terra seria ligado no céu e que quanto desatasse na terra seria desatado no céu[21]; enfim, que a ele entregou o cuidado de apascentar o seu rebanho[22]. Ao primeiro se responde que a pedra de que fala Cristo não era S. Pedro, mas sim a confissão que ele fazia da divindade de Cristo. Esta interpretação é da oração que a Igreja dá ao mesmo S. Pedro na sua vigília[23]; donde diz que Cristo formara a Igreja na pedra da apostólica confissão. Também se pode responder que Cristo é que era a pedra fundamental da Igreja, ou que isto fora dito a todos os discípulos; pois perguntando Cristo

....
19. Mat., cap. 15, ns. 18 e 19.
20. Lucas, cap. 22, n. 32.
21. Mat., cap. 16, n. 17.
22. Joan., cap. 21, ns. 15, 16 e 17.
23. Veja-se a oração da vigília de S. Pedro, Mis. Rom.

a todos "quem entendiam que ele era", e respondendo S. Pedro "que era Cristo, filho de Deus vivo", como a pergunta foi feita a todos e Pedro respondeu por todos eles, também a resposta de Cristo se deve entender que foi dada a todos. Além de que nós vemos que S. Pedro não foi o único fundamento da Igreja; pois vemos que quando Cristo a mostrou figurada na cidade santa, ele a mostrou fundada igualmente sobre os fundamentos dos seus doze Apóstolos[24]. Ao segundo se responde que Cristo não orara por Pedro para que não errasse como Pontífice, mas para que não errasse e caísse como homem. Para vermos bem a força desta resposta, havemos de discorrer assim: ou Cristo orou por S. Pedro enquanto homem, ou enquanto Papa. Se orou por ele enquanto Papa, então segue-se que, ainda depois de lhe prometer a infalibilidade, podia errar, pois o mesmo Cristo o supõe tão caído, que prossegue, dizendo "e que depois de se levantar e converter confirme a seus irmãos", palavras que totalmente supõem culpa, pois que não pode haver arrependimento sem que esta lhe preceda. Nós não havemos cair no absurdo de dizermos que ele podia errar como Pontífice, depois de Cristo o querer fazer infalível, como tal; logo, havemos dizer que Cristo orara por ele enquanto homem, máxime, quando vemos que a culpa que Cristo lhe predisse, quando o supôs caído, se verificou enquanto homem e não enquanto Papa[(c)]. Ao terceiro e quarto se responde que tudo o que se disse a Pedro em matéria de poder se entende tam-

---

24. Apocal., cap. 21, n. 14.

(c) Muitos alegam vários erros dos Pontífices; porém os contrários alegam outros tantos dos Concílios; e assim como nós respondemos que os Concílios que erraram não foram ecumênicos, assim eles dizem que os Papas que erraram, não erraram como Papas, mas como doutores particulares.

bém dito aos mais discípulos; e que das palavras se dirigirem primariamente a S. Pedro, não se tira mais do que a primazia que este tinha, da qual abaixo trataremos. Demais que nós vemos também que aos Apóstolos se deu também o poder de que tudo quanto ligassem na terra seria ligado no céu[25]; e que se lhes entregou também o rebanho do Senhor, como o mesmo S. Pedro[26] ensina.

7. Depois de seguirmos que o Concílio Universal é o tribunal supremo da Igreja, havemos de confessar que ele tem o poder legislativo que podemos considerar na mesma Igreja[(d)] para poder fazer leis de costumes, reformas universais, estabelecer jejuns, conceder indulgências, regular cabidos, prefinir cerimônias sobre consagrações de Bispos e de Igrejas, castigar com censuras aos perversos, e enfim pôr todas as leis que forem úteis e necessárias para o esplendor e conservação da Igreja.

8. Mas ainda assim que digamos que o Concílio Universal é superior ao Papa, nem por isso havemos negar a primazia deste, pois ainda que as palavras de Cristo "apascenta os meus cordeiros... tu és pedra e sobre esta pedra fundarei a minha igreja" e outras se entendam ditas também aos mais Apóstolos, elas contudo no expresso com que foram ditas a Pedro nos estão dando claramente a entender a sua primazia. Os mesmos Apóstolos o reconheceram e por isso trataram sempre a Pedro[(e)] como primeiro do Apos-

....
25. Mat., 18, n. 18.
26. Ped., 5, n. 2.
(d) Lutero negou que estivesse totalmente nas mãos da Igreja ou do Papa o pôr artigos de fé e leis sobre costumes. Isto condenou Leão X na sua Bula contra Lutero.
(e) João Huss disse que S. Pedro não foi cabeça da Igreja. Porém está condenado pelo Concílio de Constança, sect. 45.

tolado[27]. A mesma razão nos está mostrando que devia haver na Igreja de Deus um prelado com primazia a todos, pois não podendo estar sempre o Concílio junto e universal, devendo os bispos estar divididos pelo mundo para cumprirem com as obrigações do seu ofício, estaria toda a Igreja arriscada a continuado cisma e a perpétua confusão, a não haver um a cujo cargo estivesse incumbida a vigilância e cuidado dela.

9. É pois o Pontífice um legítimo sucessor de S. Pedro[f], o primeiro entre todos os bispos. Príncipe e inspetor de toda a Igreja, como tal havemos de dizer que recebeu imediatamente de Cristo[g] todo o poder necessário para exercitar as ações próprias de seu ministério. Daqui vem que, sendo ele um inspetor universal de toda a Igreja, pode e deve fazer tudo quanto for conveniente para se conservar a sua necessária união. Não se cifra só nisto o seu poder; como há muitos casos e incidentes que carecem de remédio pronto e nem para todos se poderia ajuntar um Concílio, porque então seria necessário que a Igreja estivesse sempre junta, ele se reveste também do poder de fazer leis universais em matérias de costumes e decisões de fé, que ainda que não sejam totalmente irrevogáveis e infalíveis, sempre são de tanto peso que não as devemos transgredir, enquanto a Igreja não as revogar e reclamar. Daqui se pode de-

....

27. Mat., cap. 10, n. 2.

(f) João Huss disse que o Papa não era legítimo sucessor de Cristo e de S. Pedro, se não os seguisse nos costumes. Isto foi condenado no Concílio de Constança, sect. 45.

(g) O mesmo João Huss disse que o Papa não era cabeça da Igreja e passou a proferir que a instituição e perfeição papal dimana da potência do César, o que também foi condenado no mesmo Concílio e seção supra.

duzir a veneração que devemos ter à Igreja Romana⁽ʰ⁾, pois que os seus bispos são os legítimos sucessores de S. Pedro, o que se prova da sua sucessão continuada e sucessiva, e como tais vigários de Cristo sobre todas as igrejas[i].

10. Não basta porém que tenhamos ao Concílio, composto de todos os bispos do cristianismo, por tribunal superior, e que também reconheçamos o primado do Papa. Devemos mais confessar uma profunda obediência e sujeição ao bispo do território[j] em que vivemos. Nós lemos na Sagrada Escritura que assim como o Pai enviou a Cristo, assim Cristo enviou aos seus discípulos e apóstolos pelo mundo para que ensinassem e semeassem por toda a parte a palavra do seu santíssimo Evangelho[28]. Nós vemos que o mesmo Cristo lhes disse que todos os que os ouvissem ouviam a ele, que todos os que os desprezassem, desprezavam a ele, que os mandou[29], e enfim nós vemos que eles foram uns homens postos por Deus para governarem a sua Igreja[30]. E sendo os bis-

....

(h) Wicleffo proferiu que a Igreja Romana era sinagoga do diabo. Igualmente foi condenado no mesmo volume e seção.

(i) Lutero disse que o Pontífice não era legítimo sucessor de S. Pedro e vigário de Cristo na terra, que as palavras de Cristo *quodcumque ligaveris* foram ditas a Pedro, por isso que não se deviam entender senão do que ele ligasse e fizesse. Isto foi condenado por Leão X na Bula contra Lut., e o mesmo estava já decidido no Concílio Niceno, cap. 6 e no Florent. Do ano de 1439.

(j) Ainda que Cristo não dividiu territórios, mas antes mandou a todos os Apóstolos pregar o Evangelho por todo o mundo, fazendo-os bispos universais, contudo como os mesmos Apóstolos por inspiração divina dividiram os territórios para poderem exercitar e encher melhor as obrigações dos seus sagrados ministérios, já não temos obrigação de obedecer senão ao bispo do nosso próprio domicílio.

28. Joan., cap. 2, n. 21.
29. Luc., cap. 10, n. 66.
30. Acta., cap. 2, n. 28; Pet. 1ª, p. 5, n. 2.

pos atuais uns sucessores daqueles[31], não podemos deixar de lhes professarmos a mesma obediência e sujeição. Daqui se segue que os bispos poderão fazer leis e regras políticas para o governo econômico das suas respectivas igrejas; ajuntarem sínodos, conhecerem de fé, com tanto que não se apartem das doutrinas e sentimentos da universal Igreja.

11. E ainda que temos dito que devemos uma profunda obediência ao Concílio como supremo tribunal da Igreja, ao Papa como sucessor de Pedro[(l)], e a todos os bispos como sucessores dos Apóstolos, o que se deve entender, posto que sejam maus e conheçamos que vivem em pecado manifesto[(m)], contudo esta obediência não deve ser tão cega que nos arraste a não dar o que for de Deus a Deus e o de César a César. Não faltam autores que, arrebatados de um incidente zelo, aniquilaram o poder do Rei para o darem ao Papa, pondo a este armado da espada espiritual e temporal, como o fundamento de que tendo Cristo estes dois poderes, ambos passaram para o Papa como seu sucessor. Mas como estas doutrinas não são conformes nem à razão nem à doutrina do Cristo, que sempre quis divididos estes dois poderes, daremos uma breve idéia deles e exporemos depois o nosso sentimento.

12. Uns dizem que a jurisdição temporal está originariamente no Papa e que dele se derivam os príncipes se-

---
31. Leon., epist. 66.

(l) Wicleffo disse que não se devia admitir mais Papa depois de Urbano VI, mas sim que nos devíamos reger por leis próprias, à maneira dos gregos, o que foi condenado no Concílio de Constança, Sect. 45.

(m) João Huss disse que todo o prelado posto em pecado mortal não era prelado; Wicleffo acrescentou que, se o Papa estiver em pecado, não tem mais poder do que o que o César lhe dá; e também se condenou no dito Concílio e Sect. 45.

culares. Assim o põem armado de ambas as espadas, da espiritual em ato e da temporal em hábito ou potência. Daqui tiram que o Papa tem poder ordinário em todas as causas civis[32]. Outros mais prudentes que, ainda que o Papa não possa usar diretamente da jurisdição temporal, pode contudo indiretamente, quando assim o pedir o fim sobrenatural[33]. Daqui tiram que, todas as vezes que assim o exigir o fim sobrenatural, que não só poderá excomungar ao Rei[(n)] mas ainda pôr-lhe penas externas e privá-lo do seu próprio reino[34]. Mas que diremos nós de semelhantes opiniões? Que de nenhuma forma são admissíveis.

13. Se o Papa tivesse jurisdição temporal direta ou indireta sobre os reis, seguir-se-ia que o poder temporal do rei não era supremo na terra e que reconhecia outro superior que não fosse Deus. Além de que, se o Pontífice não pode dar jurisdição alguma temporal, como poderemos admitir que a possa tirar? Cristo quis sempre estas jurisdições separadas em diversos sujeitos. Ele não quis usar da jurisdição civil e temporal; e como se poderá afirmar que quereria transferir no seu vigário mais daquela que ele exercitou? Vemos que o mesmo Cristo confessou que o

---

32. Azor., Inst. Mor., Part. 2, lib. I, cap. 6, e lib. 4, cap. 19; Bobad., Lib. 2 Polit., cap. 17, n. 3.

33. Cardin. Sfondrati, Reg. Sacerd. Lib. I, cap. I, n. 2; Ferd. Weizenegger in Disert. Jurid. de Imperat., cap. 4, n. 12.

(n) Não duvidemos que o Papa pode excomungar ao Rei, pois confessamos que ele nas matérias espirituais é sujeito como outro qualquer fiel, mas sempre se deve atender que aos reis não se deve excomungar senão na última consternação, pois como o declarar-se um desobediente à Igreja é matéria de funestíssimas conseqüências, deve o sumo Pastor prudente haver-se com muito maior cautela e moderação na correçao dos soberanos que na dos vassalos.

34. Pereir., De Man. Reg. Prel. 2.

seu reino não era deste mundo[35] e que quando lhe pediram que mandasse que um homem repartisse com seu irmão a herança, logo lhe respondeu que não era seu juiz[36]. Donde manifestamente se prova que só quis usar da jurisdição e poder espiritual. Se os povos gentios não abraçarem os seus pregadores, nem por isso devemos dizer, como disseram muitos, que o Papa lhes podia fazer guerra *per si* ou por outros príncipes cristãos, com o fundamento que, dando-lhe Cristo a jurisdição de mandar pregadores por todo o mundo, quem não os aceitasse lhe fazia injúria, de que ele podia procurar satisfação. O certo é que Cristo quando mandou pregar o Evangelho e deu a cada um dos Apóstolos o poder de o pregar, não lhes disse que, se algum rei ou ainda particular não os aceitasse, que se queixassem a quem lhes fizesse guerra, mas antes disse que os mandava como cordeiros desarmados entre os lobos, e que se algum não os recebesse e em alguma parte não os ouvissem, que saíssem dela. Nem podemos admitir que o Papa tenha mais poder do que o que Cristo lhe deu, e de que desse a S. Pedro alguma jurisdição temporal não se acha na Sagrada Escritura um só texto que o prove ou onde se possa coligir. Só acho que se deu à Igreja o poder de julgar aos filhos inobedientes por étnicos e publicanos. Ainda no caso em que o rei tirano insulte a Igreja, ainda contudo não poderão os prelados dela repeli-los com armas mas sim com censuras; e quando estas não bastem, não lhes resta mais defesa do que a do rogo e do pranto. Por isso S. Ambrósio dizia "que contra os soldados e godos eram as suas armas as lágrimas,

---

35. Joan., cap. 18, n. 36.
36. Luc., cap. 12, n. 14.

que estas eram as defesas dos sacerdotes e que outras não tinham nem com elas deviam resistir"[37]. Daqui tiro que nenhum vigor tem as disposições pontifícias, enquanto afirmam que o Papa pode repreender, castigar e depor aos reis[38], e que toda a jurisdição temporal que os prelados eclesiásticos exercitam não provém senão de um privilégio e graça que os mesmos príncipes seculares lhes concederam.

---

37. D. Ambros., in Serm. Contr. Auxen.
38. Cap. 6, De Voto et Vot. Redempt., cap. 2. De Suple. Neglig. Prol. in 6º, cap. 2, De Sent. et Re Judic.

CAPÍTULO 5

Do que é cidade ou sociedade civil –
Da causa eficiente e necessidade dela

Já demos os princípios necessários para estabelecermos os sagrados direitos que provêm da sociedade cristã; agora passaremos a dar os que são precisos para se estabelecerem os que nascem da sociedade civil. Mostraremos primeiramente o que é cidade ou sociedade civil.

1. Cidade ou sociedade civil, segundo Boehmero[1], é um ajuntamento de homens debaixo de um império, unidos por pactos expressos ou tácitos, para haverem de gozar uma vida mais segura e mais tranqüila. Pufendórfio diz que é uma pessoa moral[2] composta, cuja vontade implícita e unida por pactos de muitos se tem pela vontade de todos, para que possa usar das forças de cada um e das suas faculdades para o fim de uma paz e segurança com uma[(a)]. Como qualquer destas definições é boa, não gasta-

....
1. Boehm., Jus. Publ., lib. I, pars special., cap. 3, § 10.
2. Pufend., De Jure Nat., lib. 7, cap. 2, § 13.
(a) É de advertir que para haver cidade não se carece que os constituintes dela tenham território próprio, pois basta que haja um ajuntamento de homens debaixo de um império, ou estes vivam em terras próprias ou alheias. A República Hebréia, instituída por Deus, nos dá um belíssimo exemplo, pois é bem certo que enquanto não chegou à Palestina não teve território, e por isso não deixou de ser uma perfeita cidade.

remos tempo em transcrevermos aqui as que outros autores nos ensinam. Conhecido assim o que se diz "cidade", passemos a expender as opiniões que há sobre a causa eficiente dela, que, sobre bastantes, são bem diversas.

2. Que os homens deviam ter causa gravíssima que os movesse a constituírem cidades é, sem dúvida, porque havendo muito poucos povos ou nenhum, por mais bárbaro que seja, em que não vejamos resplandecer um simulacro da sociedade civil, é bem certo que eles haviam de ter uma causa tão urgente para os mover a fazerem semelhantes sociedades, quanto era necessário para os incitar a preferirem os cômodos inerentes ao estado da liberdade aos incômodos próprios do estado da sujeição. Sim, no estado da Natureza em que os homens nasceram, todos eram livres, todos eram iguais. No estado da sociedade civil que os homens constituíram, eles se vêem despojados da natural igualdade, expostos às iras de um rei tirano, sujeitos a pesados tributos, a castigos injustos, aos perigos e outras infinitas calamidades. Ora, sendo o homem por sua natureza um animal sumamente feroz, soberbo e vingativo, quão forte seria a causa que o moveu a deixar aquele estado, em que não reconhecia superior que coartasse as suas ações, para passar para outro em que havia reconhecer um rei, que, além de lhe limitar a liberdade, o havia tratar como a seu inferior.

3. Uns põem a causa eficiente das cidades em um estatuto divino; por isso passavam a dizer que havia haver cidade ainda no estado da Natureza[3]. Esta dou-

....
3. Valent. Albert., in Compend. Jure Nat., p. 2, c. 14; Boecl. ad Got., Lib. 1, cap. 3.

trina é bem alheia da razão, pois se as cidades fossem introdução de Deus, que havia ter lugar ainda no estado da natureza incorrupta, não só leríamos na Sagrada Página que a primeira cidade foi feita por Caim[4], homem mau, matador de seu irmão, mas ainda não poderíamos deixar de ter algum texto dela que nos mostrasse ou que Deus criou de fato a primeira cidade ou que ao menos a mandou fazer. Além de que Deus não faz coisa alguma sem fim. E qual seria o fim que poderíamos considerar nas cidades, antes de cair na culpa o primeiro homem? Se não podemos considerar nas cidades mais serventia do que a de coatar as ações dos homens e obrigá-los a que vivam conformes à lei, para que havemos de as admitir naquele feliz estado em que todos, vestidos de uma inocência santa, haviam de guiar sempre os passos pelo caminho da virtude e da justiça?

4. Outros dizem que o homem por natureza foi criado para o estado civil; assim põem a mesma natureza por causa compulsiva das cidades. Para refutarmos semelhante doutrina, basta recordarmos o que já acima dissemos no § 2. Sim, nele ponderamos que o homem no estado civil fica sujeito ao império de outro, e que ao gênio do homem, naturalmente soberbo e altivo, repugna toda a qualidade de sujeição e de abatimento. Mostramos as calamidades que traz consigo a sociedade civil, que não teriam lugar no estado da natureza. Daqui havemos de concluir que ou a natureza não foi a que incitou aos homens a fazerem semelhantes sociedades, ou que a natureza não os arrasta a procurarem sobretudo o seu sossego e o seu descanso; quanto mais, sendo o homem um animal desejoso sempre da sua vingança, como

---

4. Gênes., cap. 4, n. 17.

viria trazido pela mesma natureza para um estado em que se proibia dela[5]?
5. O doutíssimo Pufendórfio segue que o medo foi a causa eficiente das cidades, para o que discorrer do seguinte modo: A reverência do direito natural não era bastante para que uns não ofendessem aos outros, pois ainda que o temor do castigo futuro e o amor seja bastante para que os bons se abstenham de todo o gênero de maldade, não é contudo suficiente para reprimir as péssimas ações dos maus. Se ainda hoje o temor do castigo presente e visível não basta a reprimir a execução dos insultos, como seria bastante o temor de uma pena invisível e futura ou o respeito da lei? Posto pois que a maldade dos homens é tal que eles se haviam mutuamente destruir, é bem certo que eles mesmos se haviam recear uns dos outros; para se livrarem do modo possível de semelhante receio, haviam buscar algum presídio. Daqui tira que buscaram o da sociedade civil como mais oportuno e acomodado[6].
6. Muitos refutam semelhante opinião, fundados em que, sendo o efeito do medo o desviar-se qualquer do objeto de que teme, havia de obrigar a fugirem os homens uns dos outros e não a viverem juntos e sociáveis. Porém a força desta razão é inconcludente. Os homens sendo animais dotados de discurso, não haviam procurar um remédio tal que lhes era muito mais nocivo de que o próprio mal de que fugiam. De viverem separados uns dos outros se seguiam funestíssimas conseqüências. Que seria de um menino, de um enfermo, se a mão piedosa do seu

---

5. Boehm., Jus. Publ., lib. 1, pars special, cap. 1, § 5, lit. E.
6. Pufend., De Jure Nat., lib. 1, cap. 5, §§ 7 e 8.

semelhante não os socorrera? Cada dia seriam os homens pasto e alimento das feras, pois fora da sociedade nem poderiam fabricar as armas necessárias para se defenderem do seu furor. Logo, o medo que os homens tinham uns dos outros não os havia obrigar a se dividirem, pois que a divisão lhes trazia incômodos muito maiores, porém sim a procurarem um remédio tal que de nenhuma sorte os separasse de um recíproco trato e companhia. E que remédio mais oportuno e acomodado do que a introdução das cidades que, ameaçando com o castigo aos maus, lhes reprima a execução das culpas, e, prometendo prêmios aos bons, os estimule ao exercício das virtudes? Boehmero refuta[8] também esta doutrina com o fundamento de que então haviam principiar as cidades em os bons, pois que estes são os que se deviam recear dos maus, e pelo contrário vemos que elas tiveram princípio no fratricida Caim. Esta razão também é fraca. Que muito é que, depois de Caim matar o seu irmão Abel, inocente, se receasse dos outros, já porque se julgava merecedor de que qualquer o matasse em pena[9], já porque podia supor nos outros a mesma depravação que conhecia em si? A experiência a cada passo nos mostra que os maus são os que vivem mais temerosos; logo, não será estranho o concebermos que o temor produziria no primeiro mau a primeira vez o seu efeito.

7. Bodino segue que o apetite e a violência é que foram a origem dos impérios[10]. Esta opinião se pretende pro-

....
7. Hein., De Offic., lib. 2, cap. 5, § 1. [Esta nota não aparece indicada no texto.]
8. Boehm., Jus. Publ., lib. 1, pars spec., cap. 1, § 13.
9. Gênes., cap. 4, n. 14.
10. Bodin., lib. 1, c. 6, p. m. 73.

var com alguns lugares da Sagrada Escritura. O primeiro é porque Caim foi o primeiro que fez cidade; e sendo este mau, parece que não a faria por outra alguma razão mais do que por apetite de reinar e aversão aos bons. A segunda, porque a primeira monarquia que teve princípio depois do Dilúvio, logo começou em Membrod, caçador forte e o primeiro poderoso que houve sobre a terra[11]; e já antes do Dilúvio se fez menção na Sagrada Escritura de certos gigantes[12], a quem os eruditos tomam por homens facinorosos, tiranos e ladrões.

8. O claríssimo[13] Heinécio segue também que a violência dos mais foi a primeira causa de se fazerem cidades, pois como estes pertendem sujeitar aos outros e despojá-los das suas coisas o que não podiam conseguir, se não ajuntassem forças, necessariamente eles se haviam unir uns com outros, e vendo que não podia subsistir a sua sociedade sem que tivesse cabeça que a governasse, elegeram capitão. Esta opinião abraça também Boehmero[14]; por isso diz que as cidades não foram introduzidas com bom ânimo, mas sim para que por meio delas se pudessem livremente exercitar os homicídios, os roubos e os insultos.

9. Depois de feita aquela sociedade de perversos para ofenderem aos outros, viram-se os bons constituídos na precisão de uma justa defesa; e como cada um *per si* só não a podia conseguir, foi necessário que formassem também as suas sociedades, para que, unidas as forças, pudessem repelir semelhante injú-

---

11. Gênes., cap. 10, n. 8.
12. Gênes., cap. 6, n. 4.
13. Hein., De Jure Nat., lib. 2, cap. 4, § 104.
14. Boehm., Jus. Publ., pars spec., lib. 1, cap. 1, § 22.

ria. Daqui vem que, depois de pôr Heinécio por princípio das sociedades as injustas, quais as dos ladrões, a violência passa logo a pôr o medo por princípio das cidades justas, quais são as que os bons fizeram para se livrarem das opressões dos maus[15]. Vamos pois a ver qual destas opiniões nos agrada mais.

10. Concedido ainda que as sociedades dos ladrões e malfeitores fossem as primeiras que houvessem, ainda assim não posso conceder que as cidades tivessem nelas o seu princípio. Nós não podemos considerar por causa eficiente dos impérios senão aquela que obrigou aos homens a constituírem o primeiro. E as sociedades dos ladrões merecem o nome de cidades, para que julguemos e ponhamos a causa eficiente de umas por causa eficiente das outras? A cidade é um ajuntamento dos homens debaixo de um império; o seu fim há de ser justo e santo como é a paz, o sossego, a justiça e a defesa. Se pois a sociedade dos ladrões e malfeitores não tem semelhantes fins, e a sua cabeça não tem jurisdição alguma de os reger, pois, provindo todo o poder da aprovação que Deus faz das cidades, não posso conceber como Deus aprove semelhantes sociedades, fica bem claro que elas nem merecem o nome de cidades nem o são. Logo, não devemos buscar a causa eficiente das cidades nelas, mas sim na primeira que na verdade o fosse.

11. Qual logo poderemos julgar que foi a causa eficiente da primeira cidade? Eu entendo que não foi outra senão o medo e o temor. Agora, se a causa deste medo foi ou as sociedades dos perversos, ou tão-somente dos insultos que os maus executariam sem

---

15. Hein., De Jure Nat., lib. 2, cap. 4, § 105 e 106.

serem unidos em forma de cidade, é certeza que não podemos descobrir com o discurso, e só a poderíamos ter por meio de uma sucessiva tradição. É de advertir que, ou fosse a causa esta ou fosse outra, sempre havemos admitir na introdução das cidades a providência de Deus[16], pois sendo ela tal que se estende aos mais desprezíveis animais, não a havemos negar em uma coisa tão útil e necessária para a nossa felicidade. Ainda que do dito se possa coligir a necessidade que tínhamos das sociedades civis, faremos contudo um especial discurso nesta matéria, para se descobrir melhor a sua importância.

12. Como depois do pecado do pai universal ficaram os homens sujeitos a mil calamidades, umas procedidas da rebelião das feras e elementos, outras da decomposição dos humores, e outras enfim das maldades próprias, era necessário que os homens se armassem de defesa contra todos; contra a rebelião das feras com as armas; contra a dos elementos, vestindo-se e edificando casas; contra as dos humores, com a indagação das medicinas; e contra as maldades próprias, introduzindo as cidades. Assim discorre o grande Pufendórfio[17]; e na verdade que, ficando a natureza do homem corrupta e inclinada ao mal, efeito da primeira culpa, seria todo o mundo um abismo de desordens, a não se introduzirem nele as sociedades que, punindo as culpas de uns e premiando os méritos dos outros, pudessem servir de freio para os maus e de tutela para os bons.

13. Depois de introduzida a divisão dos domínios, útil e necessária não só para se evitarem as desordens que

....
16. D. August., De Civit. Dei, lib. 5, cap. 2.
17. Pufend., De Jure Nat., lib. 7, cap. 1, § 7.

se seguiriam do direito que todos tinham a usarem da mesma coisa[18], mais ainda para se animarem os homens ao trabalho e cultura das terras, estimulados da natural e congênita ambição, que confusão não seria a do mundo, a não se introduzirem nele as sociedades civis? O ambicioso não descansaria até não despojar aos outros do domínio dos seus bens, o preguiçoso só pertenderia sustentar-se à custa do trabalho alheio, enfim haveria entre todos uma funesta e sucessiva guerra, vendo-se uns com liberdade de roubarem, e constituídos na precisão de uma continuada defesa os outros.

14. Mas ainda que não se constituíssem os domínios das coisas, sempre seria indispensável das sociedades. É o homem o mais feroz e soberbo de todos os animais; ora quantos seriam os homicídios e por que leves causas não se praticariam, a ser cada um juiz das suas próprias ofensas e árbitro dos seus próprios desagravos? Daqui se segue que a sociedade civil, posto que não seja mandada por direito natural, de forma que digamos que o quebram os que vivem sem ela à maneira dos brutos, é contudo sumamente útil e necessária, para se guardarem não só os preceitos naturais que dizem respeito à paz e felicidade temporal, mas também para se cumprirem as obrigações que temos para com Deus, porque nem a religião pode estar sem uma sociedade cristã, nem esta sociedade cristã sem uma concórdia entre os homens, nem esta concórdia se poderá sem ser por meio de uma sociedade civil.

---

18. D. Thom. 2. 2, Quaest. 65, art. 2.

CAPÍTULO 6

Das divisões das cidades, do modo por que se formam e de qual seja a melhor forma delas

A primeira divisão das cidades é que estas ou são irregulares ou regulares. As cidades são as que, à maneira de um corpo que se anima de uma só alma, se regem e governam por uma só cabeça; isto é, que o seu supremo poder está em tudo em um só sujeito. As cidades irregulares são as que têm o supremo poder dividido em diversos sujeitos, estando em um limitado para certas coisas, e em outro para outras. Das cidades regulares temos o exemplo no nosso reino e no de Castela e outros, donde o seu supremo poder está somente nas pessoas dos seus respectivos monarcas. Para as irregulares o temos em Inglaterra, cujo poder está na pessoa do seu rei e parte nos seus Parlamentos.

1. As cidades regulares podem ser de três formas, nascidas dos diversos sujeitos do seu supremo poder. Se está o supremo poder em uma só pessoa, chama-se esta cidade "Monarquia" e a pessoa que o exercita "Rei". Se está em um tribunal composto de várias, chama-se "Aristocracia" e a estas "Optimates" e "Senadores". Se está em um conselho formado dos votos de todos, chama-se "Democracia" e a estes "Povo".
2. Estas sociedades se constituem, na opinião de Pufendórfio[1], por dois pactos ou por um decreto; na minha

---
1. Pufend., De Offic., lib. 2, cap. 6, § 7.

porém se constituem por um pacto e dois decretos. Mostraremos como. Para haver cidade ou sociedade civil é necessário que se ajunte multidão de homens, pois como o seu fim é também para que os seus sócios se livrem das injúrias que os outros lhe procurarem fazer, não se poderá conseguir este fim sem que se unam tantos que tenham forças tantas, que as possam repelir. Ora ex-aqui o pacto, porque, estando nas mãos dos homens o viverem ou juntos ou separados, é necessário para se estabelecer a sociedade civil que eles primeiro que tudo pactuem o viverem nela.

3. Depois de pactuado entre os homens o viverem em cidade, já temos necessidade de um decreto para se determinar a qualidade da cidade ou sociedade em que se devia viver, pois não podendo deixar de ser uma contínua confusão a sociedade em que não houver quem dirija as suas partes nem tampouco se firme aquele corpo em que umas partes não reconhecerem subordinação a outros, fica claro que apenas os homens tratarem de constituírem entre si uma sociedade firme e ordenada, não podem deixar de constituírem nela alguma qualidade de poder e de governo. Chamo com Pufendórfio a esta eleição "Decreto", porque, depois de ser pôr a votos a forma do governo, fica de tal sorte decidida a causa pela pluralidade dos votos, que nenhum poderá dizer que não consente nela, ainda que fosse de mui contrário sentimento. Isto não se verifica no simples pacto, pois que nele ninguém se obriga a estar pelo que os mais concordam, a não ser dar um expresso consentimento.

4. Depois de se determinar qual seja a qualidade da sociedade em que se deva viver, é necessário para complemento dela outro decreto, para se elegerem quais sejam as pessoas que devam exercitar o sumo Império. Quem duvidará que nem será monarquia nem

aristocracia a que não tiver nem monarca nem senadores que a moderem? Se o povo não eleger quais estes devem ser, todos o pretenderão, e não obedecendo ninguém, antes pretendendo ser qualquer que o governe, em lugar de se fazer uma sociedade que concilie entre todos a paz e o sossego, se fará um ajuntamento horrível, origem de desordens e discórdias. Chamo a esta eleição "Decreto", contra o sentir de Pufendórfio, porque, depois de se pôr a votos e decidido assim quais os que exercitem o Império, não poderão deixar de lhes obedecerem ainda os próprios que forem de contrário parecer, porque, pelos fatos de votarem, consentiram[a] na eleição, que se vencesse. Depois de eleito o monarca, se este aceita, temos outro pacto entre ele e o povo, pelo qual este lhe promete obediência e ele governá-los bem e defendê-los.

5. Depois de se dizer que há três qualidades de cidades, não será alheio do nosso assunto mostrarmos qual destas seja a mais cômoda e mais útil. Creio que ninguém duvidará que a democracia é a pior de todas. Primeiro que se ajunte um povo, se conformem os votos e se decida a coisa, já muitas vezes tem chegado o mal a termos que não tem remédio, à maneira do enfermo que morrer pela indeliberação do médico, quando poderia viver, se o mal se lhe atalhasse logo

....

(a) Todas as doutrinas que expusemos acima se firmam em que as Repúblicas não se podiam fazer senão por consentimento de sujeição. Há um consentimento a que se chama "de conspiração", que é quando todos os que devem votar são do mesmo parecer; e há o de sujeição, quando uns se sujeitam aos votos dos outros. O consentimento de conspiração é impróprio para se fazerem cidades, pois como estas são um ajuntamento de muitos, é impossível que todos concordem em uma só coisa. Assim, querendo um uma coisa e outro outra, nunca se poderia conseguir o estabelecimento de uma cidade. Daqui tiramos que este consentimento não é próprio para elas se formarem, mas sim o consentimento por sujeição, qual é estando uns pelo que se decidir pela pluraridade dos votos.

em seu princípio. Os romanos conheceram tanto este defeito que, enquanto usaram dela, criavam todas as vezes que tinham guerras um ditador, para que este pudesse oportunamente ocorrer aos incidentes delas.

6. O governo aristocrático, posto que não seja tanto, também é tardo. A experiência nos ensina que muitas vezes se propõe em um tribunal uma matéria, sem que se possa decidir, já porque os juízes são diversos e por isso na verdade disconformes os votos, já porque as paixões e interesses de uns fazem que estes, alucinados, embarquem a execução dos sentimentos, que os outros têm santos e necessários. Daqui se segue ser a Monarquia a melhor forma de governo, não só por ser mais pronta, mas também por se evitarem os incômodos que se experimentam nas aristocracias, donde cada um dos seus Optimates não pertende ser nada menos que um soberano. Por isso S. Jerônimo[2], elegantemente diz que não é conveniente que a República se governe senão por rei, assim como um exército não deve ter mais de um só general, uma nau um capitão, uma casa um senhor, pois ainda que do governo de um só se possam seguir alguns incômodos, os que se podem seguir do governo de muitos são mais e mais nocivos. Deste mesmo parecer estão Santo Tomás[3], Santo Agostinho[4], Aristóteles[5], Sêneca[6] e outros.

....

2. D. Hieron., De Offic., lib. 2, cap. 6, § 7.
3. D. Thom., lib. 1, De Reg. Princip., cap. 4 e 5.
4. D. August., De Civit. Dei, cap. 10.
5. Arist., lib. 6, Ethic., cap. 10.
6. Sênec., De Benef., lib. 2, cap. 20.

CAPÍTULO 7

Do poder civil e das propriedades do sumo império

Já em várias partes deste livro temos mostrado que não pode haver uma sociedade, sem que tenha um supremo poder que dirija as partes dela, para o fim que os homens se propuseram na sua criação. Vamos agora a ver de onde provém o poder civil, e depois trataremos das propriedades do supremo poder e império.

1. Não se poderá negar que todo o poder que um ente criado exercita sobre outro seu semelhante não pode proceder senão de Deus. Eu me persuado que ninguém o negue, pois, fazendo a natureza iguais a todos, é necessário, para reconhecermos mais superioridade a um do que aos outros confessarmos que Deus aprova e confirma o título por que damos a qualquer o poder de governar. O claro conhecimento desta verdade não carece mais do que lançarmos os olhos para as sagradas letras. Nós vemos que em uma parte se diz: "aos reis da terra e juízes se deu poder pelo Senhor e pela virtude do Altíssimo"[1]. E que em outra parte mais expressamente se nos ensina que não há poder senão de Deus, e por isso que

---

1. Sapient., cap. 6, n. 4.

quem[2] resiste ao poder resiste ao mesmo Deus. Se quisermos autoridades de Concílios de SS. Padres e de autores, acharíamos tantas, que em muitos volumes se não poderiam referir.

2. Toda a dúvida que há nesta matéria consiste em se averiguar se o poder dos monarcas provém mediata ou imediatamente de Deus. Uns dizem que eles o recebem mediatamente de Deus e imediatamente do povo[3]. O fundamento desta falsa opinião consiste em que o poder estava no povo e que este por meio da eleição lho transferira. Se os sequazes desta opinião reparassem em que o povo não tem em si poder algum que transferisse, mas somente a faculdade da eleição[4], não seguiriam semelhante partido. Faremos uma breve reflexão para mostrarmos esta verdade. Deus não há de estar dando o poder a uns que não o podem exercitar, para que estes o dêem depois ao que pode, podendo-o logo dar imediatamente a este, pois parece que argúi imperfeição em Deus o estar obrando por uns meios inúteis e totalmente desnecessários. Se o povo pois não pode exercitar o supremo poder *per si*, mas somente eleger um imperante sumo, seja na monarquia um rei, seja na aristocracia um tribunal de vários, seja na democracia um conselho de todos, para que havemos de dizer que Deus lhe deu o poder que não podia exercitar, só para que depois o transferisse ou no rei ou nos senadores ou em si próprios? Não será mais acertado e natural o dizermos que Deus deu somente ao povo o direito de escolher o seu governo, que é o que somente exercita e que dá depois

....
2. Paul., Ad. Rom., cap. 13, ns. 1 e 2.
3. Pacion, De Loc., cap. 14, § 1, n. 2; Cabed. Decis. 8, p. 2, n. 2.
4. Ziecler, De Jur. Magist., lib. 1, cap. 1, § 46.

a aquele que o povo elege imediatamente o poder de governar? Persuado-me que não estará por tão sólida doutrina só quem não se envergonhar de proferir que Deus, sendo um ente sumamente perfeito, pode ser autor de uma ação totalmente inútil. Além de que nós vemos que também o Papa é eleito por cardeais, e não havemos contudo dizer que ele recebe o poder imediatamente deles e mediatamente de Deus.

3. Mas quais serão as qualidades que podemos considerar no supremo império? A primeira é o não reconhecer superioridade alguma. A segunda o não dar conta e razão de nada. A terceira o ser superior às suas próprias leis. A quarta o ser sagrado. Trataremos de cada uma delas separadamente.

4. Para virmos no conhecimento de que o supremo império não pode reconhecer superior que não seja Deus, basta somente fazermos uma breve reflexão nos dois direitos de que ele se reveste. Apenas um povo elegeu um supremo império que o governe, este não só fica conservando o direito da liberdade, mas adquire sobre ele o poder de o governar. Ora adquirindo ele sobre o seu povo este direito de governar e conservando a respeito dos mais povos o estado da liberdade, fica claro que além de Deus não pode reconhecer superior algum, pois que não podemos conceber uma só pessoa que ou lhe não seja sujeita ou não viva com ele no estado da natureza, que não conhece desigualdade alguma[a]. Esta doutrina é tão universal que nem admite exceção do

....

(a) Se os reis e as Repúblicas ainda a respeito umas das outras se conservam no estado natural, não é inútil, como alguns tiveram, mas antes sumamente necessário o mesmo direito natural, pois que as dúvidas entre umas e outras não se devem julgar senão por ele.

reino feudatário[5], pois a essência do feudo não consiste na sujeição, mas só na fé[6], e a prestação de fidelidade não é exigida por causa do domínio direto que tenha o que a recebe mas sim por virtude de um contrato[7].

5. Basta, para se ver também que ao supremo império ninguém pode pedir conta e razão alguma, refletirmos na sua superioridade. Se o pedir a qualquer a razão de um fato é exercitar sobre ele um ato de poder, que, quem, além de Deus, poderá pedir contas ao que não reconhece subordinação alguma? Examinaremos atentamente a opinião dos monarcomanos e as péssimas doutrinas que ensinam mui diversas desta nossa.

6. Os monarcomanos distinguem duas qualidades de majestades: uma real, que é um compêndio de todos os direitos e poderes de soberano, e outra pessoal, que somente consiste em uma preeminência da pessoa. Aquela dizem que está no povo, esta no monarca. Daqui tiram que todas as vezes que o rei obrar coisa alguma má e contra a vontade do povo, que este o pode castigar e depor, pois fingem que entre o rei e o povo há o contrato do mandato, e assim constituem ao rei como mandatário, obrigado a dar contas ao povo como seu mandante.

7. O fundamento em que se firma tão nociva opinião são os seguintes: o primeiro é que aquele que constitui é maior que o seu constituído; o povo constitui ao rei, logo é superior ao mesmo rei. Segundo: aquela coisa que se faz por respeito de outra é menor que essa coisa por cujo respeito se faz; o príncipe

---

5. Grot., De Jure Bel., lib. I, cap. 3, § 22, n. 2.
6. Hein., De Offic., lib. 2, cap. 9, § 1.
7. Boehm., Jus Pub., lib. 1, cap. 4, § 18.

foi constituído por causa do povo; logo, é menor que o mesmo povo. Terceiro: o povo tem sido muitas vezes castigado pelos delitos dos reis. Nós não havemos dizer que ele foi punido sem ser culpado, não havemos também dizer que o povo peca somente porque o rei peca; logo, havemos dizer que foi punido porque não castigou ou reprimiu as ações pecaminosas do rei, e por conseqüência é superior, pois que o deve reprimir e castigar os seus delitos. Quarto: ninguém pode dar mais do que na verdade tem: o povo não tem poder de se maltratar, logo não o podia transferir no soberano.

8. Grócio[8], Heinécio[9], Pufendórfio[10], Boehmero[11], Cocceo[12] e outros não subscrevem semelhante opinião; e na verdade que ela, além de falsa, é oposta e nociva ao sossego e quietação da sociedade. Viveríamos sempre em uma continuada discórdia, se por qualquer injustiça houvesse o povo de se armar contra o soberano para o castigar e depor. Com este pretexto ele se faria inobediente, e a cada passo se veria a República vexada com o peso de alguma guerra civil, causada de que as vontades e discursos são diversos, e quando uns, imaginando que o rei pecara, se armassem contra ele, outros, pelo contrário, julgando coisa diversa, as tomariam também para o ajudarem e defenderem.

9. Ao primeiro fundamento responde Grócio[13] que o constituinte é maior que o constituído quando o cons-

---

8. Grot., De Jure Bel., lib. 1, c. 7, § 7, n. 3.
9. Hein., De Jure Nat., lib. 2, c. 8, § 13.
10. Pufend., De Jure Nat., lib. 7, cap. 6, § 6.
11. Boehm., Jus Publ., pars gener., cap. 5, § 20.
12. Cocc., Ad Grot., in Addit. Ad lib. 1, cap. 3, § 7, n. 3.
13. Grot., De Jure Bel., lib. 1, cap. 3, § 8, n. 13.

tituído está perpetuamente da vontade do constituinte, mas não quando a constituição, ainda que foi a princípio um ato da vontade, ficou contudo depois de feita sendo um ato de necessidade para a sua permanência e duração. Pufendórfio[14] sutilmente distingue do constituinte que constitui algum superior para outro ou para si. Se alguém constitui uma cabeça sobre outro, assim como a República quando elege um general sobre o seu exército, então fica sendo o constituinte superior ao constituído, porque como a pessoa sobre a qual se constitui cabeça estava e fica ainda sujeita ao constituinte, é preciso que a cabeça que se constituiu sobre ela lhe fique também sujeita, porque ninguém pode obedecer e servir a dois senhores não subordinado. Se alguém constitui sobre si um superior, então este não é de sorte alguma maior que o seu constituído, pois repugna que algum possa mandar ao mesmo a quem se sujeitou e que pretenda que lhe obedeça o mesmo a quem deu o poder de o dominar. Muitos acrescentam que o povo nem sempre constitui ao rei, pois que o império também se adquire por direito de guerra; mas esta resposta é para mim de mui pouco peso, pois ainda que não instemos dizendo que o mesmo império que se adquire à força de armas se firma no consentimento dos vencidos, e que estes não consentem para que o vencedor abuse do poder, sempre deixamos excluídos desta razão os reinos que foram feitos por livre eleição do povo, o que não devemos dizer.

10. Ao segundo se reponde que a coisa por cuja causa se constituiu outra é maior do que a que se constitui

---
14. Pufend., De Jure Nat., lib. 7, 6, 6, § 6.

por seu respeito, é enquanto à estimação e não enquanto ao poder, ou que é maior quando a sua utilidade não pede a mesma sujeição ao império da coisa que se constitui para utilidade dela. Ponhamos um exemplo. O tutor se constitui por causa do pupilo; mas a utilidade do pupilo pede que viva sujeito ao regime dele; não havemos dizer que o pupilo fica sendo superior no poder ao seu tutor, posto que este se constitui por seu respeito. Assim também como a utilidade pública exige que a República, para ser bem governada, se sujeite à vontade de um soberano, não havemos de dizer que fica superior ao monarca no poder, ainda que este se constituísse por motivo dela. Aqui também se cansam muitos a provar que nem todos os impérios se constituem por causa do povo. Eu também julgo isto de pouco peso, pois que esta resposta não satisfaz aos que forem constituídos só por ela, e a nossa doutrina é geral, que se estende a todo o caso.

11. Ao terceiro se responde que o povo não pode conhecer dos delitos dos monarcas, pois que estes não reconhecem superior senão a Deus e só ele é que pode conhecer dos seus insultos. Sim, o soberano quando peca, não peca como outro homem que peca para com Deus e para com o rei; ele somente peca para com Deus e por isso não pode ser punido por outro que não seja Deus. Isto se prova com o exemplo do S. Rei David que, arrependendo-se da sua culpa, pedia perdão a Deus dizendo "que só para com ele é que tinha delinqüido"[15]. S. Ambrósio[16] e outros, expende este lugar, manifesta-

---

15. Psalm. 50, n. 6.
16. D. Ambr., 1 Apol. David, Psalmo 50.

mente dizem que, co.mo David era monarca, não ofendia senão a Deus, e que não podia ser julgado senão por aquele que era a mesma justiça[17]. Mostrado pois assim que ao povo não toca o conhecer do soberano, responderemos com Grócio que Deus não castigou ao povo pelos pecados do rei, mas que, como é senhor das vidas e as pode tirar sem motivo algum, que mata os vassalos, quando os monarcas pecam, para os castigar com a devastação dos que lhe são sujeitos[18]. Em resposta ao quarto fundamento, entrego os fundamentos da nossa opinião que abaixo expenderemos.

12. Há outra opinião que afirma uma mútua sujeição, pondo ao povo obrigado a sujeitar-se ao rei enquanto governa bem, e ao rei a sujeitar-se ao povo, governando mal; porém esta opinião não é menos errada e nociva ao público sossego, pois sendo o povo de mui diversos sentimentos, uns entenderiam ao contrário dos outros, e daqui se seguiriam contínuas guerras e desordens. Além de que, se o povo não pode conhecer das ações dos seus monarcas, quem havia julgar que as ações dele eram más, para que se sujeitassem à determinação do mesmo povo? Há outros que afirmam que, sendo o príncipe mau católico, se não pode depor sem consentimento do Papa[19], e que não sendo, se pode então depor pelo título de "defesa". Esta opinião é também bem alheia da razão. Se o povo fosse superior ao rei, de que carecia para usar do seu poder da permissão do Papa? Se o povo não carece do Papa para eleger monarca, como o poderia carecer para expul-

....
17. Greg. Teron., Hist. de Franc., c. 18.
18. Grot., De Jure Bel., lib. 1, cap. 3, § 8, n. 10, e lib. 2, cap. 21, § 17, n. 1.
19. Begnad., Bibliot. Juris., verb. Princep., n. 32.

sar o que não tivesse direito de o reger? Passemos a expender o nosso sentimento.

13. A minha opinião é que o rei não pode ser de forma alguma subordinado ao povo; e por isso ainda que o rei governe mal e cometa algum delito, nem por isso o povo se pode armar de castigos contra ele. Já mostramos que os delitos do rei não podem ter outro juiz senão a Deus, de que se segue que como o povo não pode julgar as ações dele, o não pode também depor, pois que a deposição é um ato de conhecimento e por conseqüência de superioridade. Se o povo não dá o poder ao rei, mas sim Deus, como já se mostrou, isto tanto a respeito do rei mau como do rei bom, como poderemos dizer que ele poderá tirar a um rei, ainda que mau, aquele poder não foi ele mas Deus[20] quem lho deu? Ao povo, depois que elegeu monarca, já nada mais toca do que obedecer-lhe e respeitá-lo.

14. Ora, isto não é dizer que o rei pode fazer tudo quanto lhe parecer, porque isto seria ser sequaz de Maquiavel, o qual afirmou que ao rei era lícito tudo quanto lhe agravada, e assim o pôs de tal sorte senhor dos bens, das honras e das vidas dos vassalos, que lhes não podia fazer qualidade alguma de injúria. Este erro é também nocivo à sociedade, pois é fazer aos reis absolutos e tiranos. O rei é um ministro de Deus para o bem[21]; o fim para que ele se pôs foi a utilidade do seu povo; logo, lhe não será lícito obrar ação alguma de que a este se siga o dano e a ruína.

15. Mas que diremos nós, quando o rei tem um ânimo hostil contra o seu povo e trata aos indivíduos da

---

20. D. August, De Civit. Dei, c. 25.
21. Paul., Ad Rom., c. 13, n. 4.

sociedade como manifesto tirano? Heinécio diz que ainda que a doutrina teórica seja que a este se pode resistir, contudo quase que não pode ter exercício na praxe, pois como das ações do rei ninguém pode conhecer, além de Deus, não pode haver quem julgue se ele verdadeiramente é inimigo da sociedade ou não é[22].

16. Do que temos dito se pode coligir que o sumo império é sagrado. É de advertir que não tomamos esta voz "sagrado" senão no sentido em que explica que uma coisa se não deve ofender e ultrajar. E quem que é lícito em caso algum a um vassalo ofender e ultrajar ao seu soberano? Que mão, que mão poderá tocar no Cristo do Senhor sem ficar manchada[23]? Achabo foi um monarca mau, e ninguém se atreveu a ultrajá-lo. Saul, sendo um rei tal que o mesmo Deus proferiu que se arrependia de o ter feito soberano, foi tão respeitado do santo David que, quando ele o buscava para o matar, este pelo contrário lhe não quis tirar a vida, podendo, mas antes, lançado de joelhos adiante dele, lhe dizia para lhe abrandar as iras "que ele o podia matar, mas que não o fazia porque não havia estender as suas mãos contra o Cristo do Senhor"[24]. Não obstante ser Saul tão mau, mandou David matar, em pena do seu insulto, àquele mancebo que lhe veio dar notícia de que lhe tinha acabado a vida[25]. Mas que muito que não seja lícito ao vassalo o manchar as mãos na pessoa do soberano, quando o mesmo Deus quer que lhe tenhamos uma tal

---

22. Hein., De Jure Nat., lib. 2, c. 7, § 132.
23. Reg., lib. 1, cap. 26, n. 9.
24. Reg., lib. 1, cap. 24, n. 11.
25. Reg., lib. 2, cap. 1, n. 26.

veneração e respeito que não nos atrevêssemos nem a maldizê-lo[26]?

17. A propriedade do supremo império, que também lhe demos de não ser sujeito às suas leis, se trata e explica adiante, quando tratarmos do sujeito das leis.

---
26. Êxod., cap. 22, n. 28.

CAPÍTULO 8

Das divisões do império e dos modos por que ele se adquire

O império ou é absoluto ou é limitado. Chama-se império absoluto quando os direitos da majestade estão todos de tal sorte unidos em um sujeito que ele não carece para os exercitar, ou em tudo ou em parte, do consentimento de outro[a]. Chama-se limitado quando a pessoa que o tem não pode exercitar todos os direitos da majestade, ou ao menos algum deles, sem consentimento alheio[1]. O ser o poder limitado ou não consiste na forma ou condições com que o povo elege o seu governo no princípio da sociedade. Se o povo o elege sem lhe pôr condição alguma, fica sendo este império absoluto. Se ele o elege com condição[b], fica sendo limitado por virtude dela, mas nem toda a condição pode produzir semelhante efeito. Sim, se a condição for daquelas que não coatam ao imperante o poder de exercitar alguma

....

(a) É de advertir que para ser o poder absoluto não se requer que ele seja em uma só pessoa física, mas basta que esteja em um tribunal, com tanto que este não tenha sujeição. É mais de advertir que também não é necessário o despotismo, pois este, como consiste na lassidão de fazer o soberano quanto quiser e não quanto é justo, repugna ao fim da sociedade e por isso não se deve admitir.

1. Pufend., De Offic., lib. 2, cap. 9, §§ 5 e 6.

(b) A estas condições se chamam impropriamente "leis fundamentais", mas elas não são verdadeiramente mais do que uns pactos, e por isso o monarca fica sujeito a elas, porque deve observar os pactos que de direito da natureza exigem a sua observância.

ação das que pertencem ao governo e regime da sociedade, mas sim das que somente coartam a execução das que só dizem respeito à união do império, esta de nenhuma forma faz o supremo império limitado, pois que este não consiste na jurisdição de poder alhear cidades, mas sim de as poder reger sem sujeição e dependência de outro.

1. Pufendórfio[2], Grócio[3] e outros tornam a dividir o império em patrimonial e usufrutuário. Chamam patrimonial a aquele de que o monarca pode dispor sem consentimento do povo; usufrutuário, a aquele de que o monarca não pode dispor sem que o povo lho consinta[4]. A este outros lhe chamaram fideicomissário[5]. Mas quais serão os reinos em que se poderá verificar o direito de semelhante alheação? Aquele que o povo deu ao soberano com a mesma faculdade. Um exemplo nos põe Heinécio na Rússia, que, faltando a sucessão do reino, elegeu o povo imperador com o direito que tinham gozado os seus antecessores[6]. E como eles tinham o direito de alhearem o império, é certo que o povo lhe deu também a ele a mesma faculdade. Grócio, Pufendórfio e o mesmo Heinécio nos põem outro caso nos impérios conquistados, pois todas as vezes que a conquista não foi feita por título de sucessão, porque neste caso ficam conservando os seus antigos direitos, eles dizem que os reinos sujeitos ficam patrimoniais e alheáveis. Mas esta doutrina deve-se entender *cum grano salis*. Estes reinos não são patrimoniais a respeito do rei, pois ele não os pode alhear sem consentimento do povo, como

....
2. Pufend., De Offic., lib. 2, cap. 9, § 7.
3. Grot., De Jure Bel., lib. 1, c. 3, § 11.
4. Boehm., Jus Pub., pars specia., lib. 1, cap. 3, § 35.
5. Thom., Jurisprud. Div., lib. 1, c. 6, § 135.
6. Hein., De Offic., lib. 2, c. 9, § 7.

mostraremos em parte oportuna; chamam-se somente patrimoniais a respeito de todo o reino vencedor, pois que este é que os pode alhear como coisa sua própria[7].

2. Mas que diremos à propriedade dos vocábulos – "patrimonial" e "usufrutuário"? A palavra "patrimonial" pode causar equívoco, julgando-se por ela que estes impérios estão no patrimônio do imperante, assim como outros quaisquer bens[c], quando ela nada mais quer dizer do que ser livre ao soberano deles o poder alheá-los sem consentimento do seu povo. Heinécio também acha imprópria a palavra "usufrutuário", porque dela se pode tirar o engano de se entender que semelhantes reinos não passam aos herdeiros, como sucede no usufruto das mais coisas. E posto que ainda tem resposta semelhante dificuldade, para não nos cansarmos em coisa de que não se segue a menor utilidade, será justo que usemos dos termos alienáveis ou inalienáveis que o mesmo Heinécio nos ensina[8].

3. Boehmero faz mais duas divisões de impérios, uns sucessivos, outros eletivos, fazendo sucessivos regularmente aqueles em que o povo não consentiu livre mas só coato, como sucede nos adquiridos em guerra[d],

....

7. Cocc., Ad Grot., in Addit. Ad lib. 1, c. 3, § 12.

(c) O império não pode estar no patrimônio do rei como os outros bens, porque destes pode qualquer dispor como quiser, ainda abusando, o que não se pode dizer do império, pois sendo o fim para que este se constitui a conservação dos homens, não poderemos dizer sem impiedade que o príncipe pode abusar dele e destruí-lo (Boehm., Jus Publ., pars special, lib. 1, cap. 3, § 5, lit. C).

8. Hein., De Offic., lib. 2, cap. 9, § 7.

(d) Boehmero entendeu que o reino vencido era patrimonial, de forma que se diferia aos filhos herdeiros pelo mesmo direito que lhes passam os mais bens hereditários (Idem, Jus Publ., pars special., lib. 1, cap. 3, § 3, lit. J). Mas isto não tem fundamento, pois se a guerra que se lhe fez foi feita ao

e eletivos aqueles em que o povo consentiu livre por meio de eleição[9]. Eu aprovo a divisão, mas não o posso fazer sobre o mesmo modo com que ele nos quer mostrar quais sejam regularmente os impérios sucessivos ou eletivos. O ser um reino cativo não é razão para que digamos que o seu império fica sucessivo, mas só sim para que afirmemos que fica da mesma natureza do que é o do vencedor. Assim, se for eletivo o vencedor, eletivo fica o vencido, e se for o vencedor sucessivo, sucessivo fica também o vencido. Só há uma diferença entre um e outro, e é que o vencedor conserva o direito de escolher o seu império para assim praticar todas as vezes que faltar ou a pessoa eleita ou a sucessão da família a quem se deu. O vencido não, pois pelo ato da sujeição ao vencedor perdeu este direito e deve sempre sujeitar-se ao império que o seu vencedor tiver. O ser pois o império eletivo ou sucessivo não provém senão dos pactos com que se estabeleceu a sociedade. O modo de conhecermos qual é eletivo ou sucessivo é vermos se se carece de eleição do povo para passar de um imperante para outro. Se se carece, é eletivo, e se não se carece, sucessivo. Vamos ver como se adquire o império.

4. O império pode-se adquirir ou por eleição ou por ocupação[(e)]. Por eleição, quando o povo livremente

....

reino, então desta vitória e conquista também se não negue que o império fique sucessivo, pois como ele fica patrimonial não do rei mas sim do reino, há de seguir o império deste, a não se dispor dele alguma coisa em contrário; e se foi feita ao rei possuidor, isto é, porque o vencedor entendeu que o trono lhe pertencia conforme as leis fundamentais do reino, então desta vitória não se segue inovação alguma no império, mas sim na pessoa física que o exercita. Assim, não podemos fazer semelhante regra neste caso, porque se o império era eletivo, fica eletivo, e se sucessivo, sucessivo ficará.

9. Boehm., Jus Public., pars special, lib. 1, cap. 3, § 31 e § 32.

(e) Ainda que disse acima que o império eletivo era o que carecia de eleição para passar de um imperante para outro, e que era sucessivo o que

elege alguém para que o exercite; por ocupação, quando se cativa o reino à força de armas. Mas é de advertir que a ocupação do império não se pode fazer como a das outras coisas que não estão no domínio de alguém, pois, para que estas se ocupem, nada mais se requer além da sua apreensão, junta com o ânimo de possuir, o que não basta na ocupação do império. Todos os homens são iguais e têm direito a que outro não os sujeite; por isso não basta somente o ânimo e a ocupação para sobre eles se constituir um império[10]. Segue-se logo que quem fizer uma guerra sem justa causa e ocupar o reino por meio dela, este não adquire mais direito nele do que adquire o ladrão no adquirido, por meio dos seus roubos e violências.

5. Todas as vezes pois que o povo elege a algum para seu soberano e este aceita, adquire logo o império de tal forma, que nem o mesmo povo lho poderá mais tirar nem ele carecerá de confirmação alguma, ainda do mesmo Papa. Sei que muitos reis, depois de eleitos, suplicaram ao Santo Padre que os confirmasse nos seus impérios; mas estes atos, a não se quererem atribuir a ignorância dos tempos, não se podem julgar senão por umas ações procedidas de um filial respeito. Como esta eleição se pode fazer em uma só pessoa ou em uma descendência toda, vamos a mostrar qual destas seja a mais útil à sociedade dos homens.

....

passava a todos os descendentes do monarca sem se carecer de eleição do povo, com tudo o que sucede no império, porque lhe pertence por sucessão, também o adquire por eleição, pois que o povo livremente o deu ao primeiro soberano e a todos os seus sucessores; assim devemos advertir que o termo "sucessivo" ou "eletivo" não serve para nada mais do que se distinguir a eleição de uma só pessoa da que encerra a de muitas sucessivas.

10. Pufend., De Jure Bel., Nat. 7, cap. 7, § 3.

6. Parece que a eleição de uma só pessoa deve ser a mais útil, pois que o rei carece de capacidade de valor e de virtude[f], o que naturalmente não pode haver em todos os descendentes de um soberano. Assim parece, mas na verdade não é. Os reinos eletivos são sumamente nocivos, pelos perigos das guerras civis que ordinariamente nascem da ambição dos muitos que aspiram ao mesmo tempo ao trono, e das diversas inclinações e conveniências particulares de quem os elege. Lancemos os olhos ao império de Alemanha, espalhemos a vista pelo reino da Polônia, e veremos que quase têm sido tantas as eleições quantas têm sido as sanguinolentas guerras nos nossos próprios tempos. Além de que a experiência nos mostra que nem sempre os eleitos são os bons; sim, os homens ambiciosos do mando fazem mil vezes caminho ao trono por meio de liberalidades e virtudes que na verdade não têm. Acresce o menor zelo com que os eleitos cuidam da conservação dos estados. Eles pela maior parte não cuidam senão em fazer grandes os filhos e os parentes, apesar da utilidade da monarquia. Os imperadores de Alemanha, os Papas nos dão bastantes exemplos, pois vemos quase todos os domínios destes grandes estados divididos e alheados em quantidade de feudos por semelhante causa. Isto não têm os reinos de sucessão, porque se os soberanos dos eletivos procuram dividir os estados para utilizarem aos seus descendentes ou parentes, estes pelo contrário procuram acrescentá-los para terem mais de que fazerem senhores os seus descendentes.

....

(f) Os povos cateus na Índia escolhiam para rei o mais gentil (Strab. Geogr., lib. 15).

7. Todas as vezes também que um reino se conquista à força de armas, se o motivo da guerra foi justo, apenas os vencidos cederam da defesa e se entregaram ao vencedor, adquire logo este, pelo fato da sujeição, de tal sorte o seu império, que nem eles jamais poderiam proclamar a liberdade, nem este carecerá de outro título algum ou de alguma confirmação. É certo que todo o império se deve adquirir por consentimento daqueles sobre quem ele se estabelece; mas este consentimento nem sempre se carece que seja livre; o consentimento coato produz os mesmos efeitos que o voluntário, todas as vezes que a pessoa que violenta não faz injúria ao sujeito a quem constrange, porque usa do seu direito.

8. Já dissemos que se não há justo motivo para a guerra, não adquire o vencedor mais direito no império vencido do que o ladrão nos bens que rouba; mas nem por isso diremos que ele não tem toda a administração que teria, se fosse seu justo e legítimo soberano. A administração de qualquer coisa incumbe ao que estiver de posse dela. Logo, enquanto o injusto conquistador estiver na posse do império, a ele é que incumbe a sua administração. Daqui se segue que, enquanto o povo estiver debaixo do jugo do tirano, não há de obedecer às leis do seu legítimo senhor, mas sim às daquele, não porque estejam por direito desobrigados do seu legítimo soberano, mas porque não estão no domínio dele, sim daquele[11]. Além de que a sociedade não pode subsistir sem algum governo; logo, para o mesmo bem da sociedade, é necessário que o tirano mande o que é preciso e que o povo lhe obedeça.

---

11. Bened. Parens, in Prodr. Jus Gent., ex. 2, § 196.

CAPÍTULO 9

Dos direitos do sumo imperante

Os direitos do sumo imperante é tudo o que é necessário para se conservar a felicidade assim interna como externa da sociedade. Tomamos a felicidade interna por todo aquele bem que se deve gozar a sociedade provindo da união e harmonia dela. Chamamos felicidade externa à isenção de todo o mal que lhe possa maquinar qualquer potência estranha. Vamos a examinar quais estes sejam.

1. Se a felicidade interna não consiste em outra coisa mais do que em procurar o rei que os vassalos vivam todos em um seguro sossego e em uma harmonia santa, é bem certo que ele se há de armar de todo aquele poder que foi necessário para conciliar entre eles a paz e a união. Ele não pode conciliar semelhante paz sem ter o poder de proibir quanto se opuser a ela e de mandar quanto lhe for consentâneo. Logo, havemos de dizer que o primeiro direito da majestade é o de poder mandar e proibir quanto julgar útil ou nocivo ao sossego e felicidade do seu povo[1]. Sim, ele pode fazer todas as leis que julgar convenientes, contanto que não se oponham nem às leis naturais nem às divinas. Pois assim como não

---

1. Boehm., Jus Publ., lib. 2, c. 3, § 2.

posso mandar ao servo que faça alguma coisa contra a lei do soberano, porque ele e eu lhe somos inferiores, assim o monarca não pode mandar aos vassalos coisa alguma contra a lei do Senhor, sendo ele e eles igualmente sujeitos às suas leis.

2. Dizemos que o soberano não pode pôr leis que se oponham ao direito da natureza; mas isto se deve entender daquele direito natural que expressamente manda ou proíbe a execução de alguma coisa, mas não daquele que somente permite que certa ação se faça ou não faça. A lei permissiva é sim lei que obriga a todos a que não impeçam executar cada qual aquela ação que lhe foi concedida; mas isto não se entende proibido a aqueles que têm por algum título o direito de proibirem e coatarem as mesmas ações concedidas. É certo que, se o rei concede a todos que possam vir à sua corte, ninguém me poderá proibir que eu venha; mas esta regra será tão geral que digamos que nem o pai o pode fazer, quando julgar conveniente? Certo que não. A faculdade geral dada por uma razão não me isenta da proibição particular fundada em outra. O rei concede que venham à corte todos, porque julga que isto não é nocivo ao sossego do seu reino; o pai proíbe ao filho, porque julga que não é conveniente aos interesses da sua casa. Deus concede, porque não é nocivo à eterna felicidade; o rei proíbe, porque não convém ao sossego da sociedade, e a faculdade do superior não proíbe que os outros usem do seu direito e do seu poder.

3. Posto assim que o soberano tem direito de pôr leis, havemos daqui deduzir que também o tem para taxar penas aos violares delas, pois que de outra sorte não poderiam produzir o efeito a que elas se diri-

gem. O homem é um animal inclinado ao mal, sumamente feroz e soberbo; assim, não deixaria de executar as mesmas ações que as lei humanas lhe proibissem, a não ter algum duro freio que o domasse. A pena pois é o meio mais eficaz para semelhante fim. O homem ainda que tem muito de feroz, ama a sua conservação e felicidade. Daqui vem que só o temor da sua destruição e de algum dano é que pode fazer com que ele se abstenha de exercitar as ações que se lhe representam agradáveis[2]. Ora, sendo as penas o meio de se evitarem as culpas, constrangendo-se aos homens a conformarem as suas ações com as leis, quem, quem poderá negar que o príncipe tem direito de as pôr a todos os transgressores das suas leis? Só quem não duvidar de afirmar, e mal, ou que o rei não tem por objeto a conservação da sociedade, ou que, se o tem, está despido dos meios necessários para semelhante fim.

4. Clemente Alexandrino definiu a pena "uma retribuição do mal que se dá para utilidade de quem a exige". Grócio a define "um mal que se padece, dados por causa de outro que se fez"[3]. Heinécio acha que esta definição não é boa, pois que ela também se pode aplicar à particular vingança, e assim a define "um mal que se padece, dado pelo superior por causa de outro mal que se fez"[4].

5. Depois de mostrarmos que o rei tem poder para arbitrar pena contra os transgressores das suas leis, havemos também de dizer que ele se há de armar do direito, não digo já de prender, de degradar etc., mas

---
2. Boehm., Jus Publ., lib. 2, cap. 8, § 6.
3. Grot., De Jure Bel., lib. 1, cap. 20, § 1.
4. Hein., De Jure Bel., lib. 2, cap. 20, § 1.

de um poder amplo sobre todos os bens, sobre a estimação[a] e enfim sobre as próprias vidas dos seus vassalos. São os bens uma espécie de vida. Sem eles, sim, vivem os homens, mas reduzidos a mil calamidades e misérias, e a nossa natureza é tão inclinada a eles, que arriscamos por adquiri-los a própria vida. O homem é naturalmente vaidoso e dará tudo só por merecer os cortejos e estimulações dos outros. Enfim, o que ele não fizer pela conservação dos bens da estimação e da vida não fará por coisa alguma. Sendo pois ele tão feroz que nem com os últimos castigos muitas vezes se horroriza, não havemos de pôr ao soberano despido do direito de usar de todas as penas como únicos meios e os mais eficazes para se conseguir o fim do público sossego e felicidade que o rei tem por seu único objeto.

6. Mas parece que não se deve conceder aos soberanos o poder sobre a vida dos vassalos. Quem duvida que os monarcas se fizeram para a conservação dos povos? Logo, parece que lhe não podemos dar o poder de destruir a quem só foi eleito para conservar. Porém se responde que o objeto principal do

....

(a) A estimação é um valor pelo qual se julgam maiores que outras, porque assim como as coisas conforme a sua raridade e serventia recebem maior ou menor valor, a que se chama "preço", assim também as pessoas recebem maior ou menor estimação (Pufend., De Offic., lib. 2, cap. 14, § 1). A estimação ou é moral ou civil. A moral é pessoal e consiste tão-somente na virtude. A civil, a que propriamente se chama "nobreza", passa dos pais aos filhos e consiste só em uma estimação que o príncipe quer que se faça de qualquer sujeito, como filho benemérito da Pátria. Introduziu-se esta nobreza para se remunerarem serviços, pois como a República não podia remunerar todos com prêmios proporcionados de riquezas, foi preciso que se inventasse um prêmio tal que consistindo em uma mera vaidade estimulasse os homens ao desejo de o adquirirem, e não impossibilitasse e arruinasse a República e freqüência do dispendê-lo. Falo pois desta estimação, e assim o rei a pode dar para prêmio de ações ilustres e tirá-la em castigo das torpes e nocivas.

rei é o bem da sociedade; por isso não deve se conservar um indivíduo dela com prejuízo do todo. Assim como a medicina, que tem por objeto a conservação do corpo, manda contudo que se corte a parte que se corrompe, por não danificar as outras, assim também a mesma lei da conservação manda que o soberano corte e separe da sociedade aqueles membros que houverem de servir de prejuízo e destruição aos outros.

7. Depois de admitido que o soberano pode legislar e estabelecer penas aos transgressores das lei, havemos também conceder que ele tem o poder de conhecer e julgar das ações dos seus vassalos. As leis devem-se executar, pois que de outra sorte viriam a ser ilusórias e de nenhum proveito à sociedade. Elas não se podem executar sem que se conheça e se julgue das ações. Logo, o príncipe tem este direito de conhecer delas, pois que a ele é que toca não só o fazer as leis mas a sua própria aplicação.

8. O poder de julgar está todo nos soberanos. Que os antigos monarcas julgaram *per si* as causas dos seus vassalos, é coisa notória aos que são medianamente instruídos na História. Nós lemos que Salomão o praticou[5], Augusto[6] e Tibério[7] o mesmo: enfim, podemos achar tantos exemplos desta verdade quantos foram os antigos reis. Os soberanos porém não podiam exercitar o ofício de julgadores e ao mesmo tempo cuidar dos interesses da sociedade[8]. O cuidado dos interesses públicos de um reino ainda não cabe na esfera de um só homem. Logo, foi preciso que se criassem magistrados, para que estes admi-

....
5. Reg. 3, cap. 3, n. 25.
6. Suet. in Aug., cap. 33.
7. Tácit., Anal., lib. 1, cap. 75.
8. Êxod., cap. 18, n. 17 ss.

nistrassem aos povos aquela necessária justiça, que não poderiam administrar muitos, quanto mais um só monarca.

9. Do que fica dito segue-se que o soberano tem poder para criar os magistrados, pois sendo estes sumamente úteis e necessários à sociedade, o seu estabelecimento e criação há de pertencer àquele a cujo cargo está incumbido o cuidado dela. São pois os magistrados umas pessoas públicas que, recebendo o poder do rei e representando a sua pessoa, nos exigem uma profunda obediência. Isto nos dita a natural razão e nos ensina que obedeçamos a todos os nossos superiores, o que também nos recomenda o Apóstolo S. Pedro, dizendo expressamente que esta é vontade do Senhor[9].

10. Fica já mostrado o poder que o monarca tem nos bens dos vassalos por causa dos delitos. Passemos a ver qual tem por outros princípios. O príncipe, que tem poder de obrar tudo o que é necessário para a conservação da República, há de revestir-se do direito de pôr tributos como meio necessário para semelhante conservação. Como se poderá conservar uma República sem armas e sem magistrados? Como se poderão conservar os magistrados e a milícia sem estipêndios? Como se poderão distribuir por eles os merecidos e necessários estipêndios, se o povo não concorrer com públicas contribuições[10]? Não têm os homens pensão mais justa. Eles desfrutam os cômodos da sociedade; devem pois contribuir para as despesas dela. Donde vem o vermos recomendada na Sagrada Página a execução deste preceito[11], como dívida natural, a cuja satisfação estamos obrigados.

---

9. Petrus, cap. 2, n. 14.
10. Tácit., lib. 4, Histor.
11. Paul., Ad Rom., cap. 8, n. 7.

11. A quem porém poderão os soberanos pôr tributos? A todos geralmente que habitarem nos seus domínios e por todos os bens que se acharem neles, posto que seus senhores vivam em diversas potências. A razão é porque todos os que habitam nos seus domínios ou têm neles os seus bens, gozam e se utilizam da segurança para a qual aqueles se carecem. Logo, devem também retribuir, pois se deve repartir o incômodo geralmente por todos que gozarem do proveito[12]. É questão se os clérigos são isentos dos tributos. Não falta quem afirme que sim, mas eu não posso subscrever a sua opinião. Os clérigos são vassalos como os seculares: não há uma só razão que os isente da jurisdição do príncipe. Gozam da utilidade da segurança como os mais; logo, também devem contribuir sem a menor diferença. Não ignoro que muitos respondem ao texto, de que se prova que eles estão obrigados a pagarem tributos, pois que o mesmo Cristo o mandou pagar por si e por S. Pedro ao César, com que isto fizera por evitar o escândalo, pois que o mesmo Cristo tanto os isentou que declarou aos filhos por livres. Eu não quero fazer questão sobre se estes filhos de que fala Cristo eram os sacerdotes, pois não nos é preciso. Mostrarei sim que, ainda sendo assim, Cristo não os quis isentar dos tributos. Perguntou Cristo de que pessoas exigiam os reis das terras os tributos, se dos estranhos, se dos filhos. Responderam-lhe que dos estranhos. Tornou Cristo: – Logo, os filhos são livres[13]. E é isto dizer que ele isenta os filhos dos tributos do César? Eu só acho que isto é dizer que os filhos são livres, não porque ele os isenta, mas

---

12. Boehm., Jus. Publ., lib. 2, cap. 7, § 13.
13. Mat., cap. 17, ns. 24 ss.

porque os reis não exigiram tributos dos filhos. Logo, ainda que este texto falasse dos sacerdotes, dele não se colige que eles são isentos do poder dos reis por direito divino, mas sim por concessão dos mesmos reis.

12. Não se cifra só nos tributos o poder do soberano a respeito dos bens dos seus vassalos. Ele tem um domínio iminente sobre todos os bens dos vassalos, para os poder tirar a qualquer, todas as vezes que o requerer a pública utilidade ou necessidade[14]. Quem negará que, podendo o príncipe usar das vidas dos vassalos para acudir às públicas necessidades, não poderá usar dos bens? Porém se deve advertir que no caso em que o monarca tirar ao particular o domínio dos seus bens, porque assim exige a necessidade pública, sempre se lhe deve ressarcir o dano pelo público ou *pro rata* pelos mais vassalos[15], pois que a razão pede que, sendo todos igualmente utilizados, não seja somente um em quem recaia todo o prejuízo.

13. Que diremos do poder do soberano sobre a Igreja? Havemos de fazer diferença da Igreja, tomada como corpo místico, da Igreja tomada como corpo político. Se a tomarmos como corpo místico, é independente totalmente das disposições dos soberanos. Donde vem que tudo quanto respeitar já às decisões de fé, já a sacramentos, já a cerimônias eclesiásticas, já enfim sobre tudo quanto for do poder das chaves, é livre da jurisdição do império; se a tomarmos como corpo político, as disposições que como tal se fizerem são sujeitas e dependentes da autori-

....

14. Larr., Aleg. 15, n. 32, Aleg. 4, n. 34, Cabed., p. 2, Desis. 19 e 75; Cocc., Disert. 12, lib. 6, cap. 2, § 629, n. 2, e lib. 5, cap. 6, § 552 e § 553.
15. Larr., Aleg. 59, n. 19; Pufend., De Offic., lib. 7, cap. 15, § 4.

dade do soberano. Do que se segue que nenhumas bulas, nenhuns breves, nenhumas constituições ou decretos, já dos romanos Pontífices, já dos Concílios, terão vigor, enquanto não tiverem o beneplácito do rei[16].

14. Dissemos que a Igreja é independente do rei nas suas decisões de fé e em tudo o que é do poder das chaves, mas sempre devemos advertir que a fé e a religião não se poderá ensinar publicamente e pregar em qualquer reino sem o consentimento do soberano. Da introdução de uma lei se podem seguir desordens e danos graves à sociedade, e ao príncipe incumbe tudo o que pode ser incômodo do seu reino, e por isso tem poder para proibir que nos seus estados se ensine lei alguma sem o seu consentimento.

15. Admitido pois que a Igreja é livre nas suas decisões e doutrinas, havemos admitir que a ela é que toca o declarar quais são as heréticas e nocivas, mas nem por isso havemos de dizer que ela pode proibir os livros que as contêm com proibição externa, qual é de os mandar queimar, pôr penas pecuniárias a quem os vender, e outras semelhantes. Esta proibição externa é somente da jurisdição do soberano[17]. Mas podíamos dizer sobre a presente matéria; porém o dito é o que por ora basta, pois havemos tratar dela mais largamente no título do ofício do imperante.

16. O último direito da majestade é o poder de fazer guerra. Tem a majestade direito para fazer e promover todo o necessário para a felicidade interna e externa do seu reino; logo, é certo que ele se há de ar-

----
16. Deduc., Chronol. et Anal., demonst. 1, 2, 3 e 4.
17. Deduc., Chronol. et Anal., demonst. 1, 2, 3 e 4.

mar também do direito da guerra, pois que sem ela não poderá defender a sociedade dos insultos das outras potências, que é o em que consiste a felicidade externa. Daqui deduzo que o príncipe tem direito também indireto sobre os bens e sobre as vidas dos vassalos, porque, tendo direito de fazer guerra, é certo que o há de ter também para obrigar aos vassalos a irem a ela e de podê-los expor ao perigo de morrerem e de perderem também os bens nas invasões dos inimigos. Da sorte que os reis devem usar de todos estes direito mostraremos largamente, quando tratarmos do ofício dele.

PARTE III

DO DIREITO, DA JUSTIÇA E DAS LEIS

CAPÍTULO 1

Do direito e da justiça

Esta palavra "direito" tem várias significações. Toma-se por aquela faculdade natural que cada um tem para poder obrar ou não obrar. Toma-se por aquela autoridade o poder que a lei nos dá para podermos obrigar aos outros a que nos dêem ou nos façam certas coisas. Usurpa-se pela qualidade moral pela qual retamente ou possuímos as coisas ou dominamos nas pessoas. Toma-se pela mesma sentença do juiz; enfim, em muitos e em mui diversos sentidos. Mas a sua própria e genuína significação é uma coleção de leis homogêneas, *v. g.*, direito natural, a coleção de todas as leis que provêm da natureza civil, as de todas as que deram os legisladores cada um em seu reino, e vulgarmente as do Império Romano.

1. Os jurisconsultos romanos dividiram o direito em natural, das gentes e civil. Chamaram natural a aquele que a natureza ensinou a todos os animais[1]. Das gentes ao que elas todas constituíram, e porque assim exigiam as humanas necessidades[2]. Civil ao que cada um dos povos estabelecia para governo da sua sociedade[3]. Esta divisão não nos pode satisfazer.

---

1. Lex 1, § 2, ff. "de just. et jure".
2. § 1, Inst. De Jure Nat.
3. Lex 6, ff. "de just. et jure".

2. Ainda que a diferença que Ulpiano fez do direito natural ao direito das gentes seja seguida por Santo Tomás e pela torrente dos doutores, assim teólogos como juristas, eu contudo a não abraço. Quem poderá negar que o direito das gentes é o mesmo direito da natureza? Só quem for ímpio poderá negar que o direito natural não é aquele que Deus infundiu a todos por meio do discurso ou que a religião para com Deus e outros semelhantes preceitos que se atribuem ao direito das gentes não provêm a todos por meio do discurso e da razão.
3. Os jurisconsultos conheceram esta verdade, dividindo este direito natural e das gentes em primário e secundário. Por direito natural primário tomam aquele que não só é comum aos homens, mas que a natureza ensina aos próprios brutos, qual é a defesa própria e a criação dos filhos etc. Por secundário tomam aquele direito que provém da natural razão e não é comum aos brutos, mas próprio somente dos homens[4]. A este natural secundário chamaram primário das gentes, e secundário ao que elas introduziram, obrigadas das necessidades humanas. Daqui se tira que todas estas divisões não têm outra serventia mais do que entenderem que por meio delas explicam melhor a maior e a melhor força do direito.
4. Nós não nos cansamos com tão inúteis e tão supérfluas divisões. Todo o direito ou é natural ou é positivo. O direito, como produz obrigação, há de provir de um superior. As gentes são todas iguais, e o que umas constituíram não pode fazer direito para as outras. Daqui deduzo que ou o que as gentes se-

....
4. Pufend., De Jure Nat., lib. 2, cap. 8, § 23; Grot., De Jure Bel., lib. 1, cap. 1, § 10.

guem é conforme à natureza racional e exigido pelas necessidades humanas, e então é direito da natureza, ou que são disposições arbitrárias dos primeiros homens, e então não são outra coisa mais do que um direito civil, seguido e abraçado igualmente por diversos povos. Esta opinião já foi abraçada pelos filósofos antigos. Aristóteles[5] disse que todo direito que se observava na cidade se dividia em duas partes, que ou era natural ao que ele chama comum, ou próprio, a quem dá o nome de legítimo; e não falta quem afirme que esta foi a sentença de Platão, e enfim de todos os antigos e jurisconsultos, exceto Ulpiano[6]. Visto pois qual seja a primeira divisão do direito, vamos a dar as suas subdivisões. Comecemos pelo direito natural, e depois passaremos ao positivo.

5. A primeira divisão do direito natural é que este ou é positivo ou permissivo. É o direito uma coleção de leis. Toda a lei ou há de proibir que se faça alguma coisa, ou há de mandar ou permitir. Logo, o direito também há de ser[7] ou positivo, que proíba ou que mande, ou há de ser permissivo, que conceda[(a)].

6. Heinécio e outros muitos naturalistas subdividem o direito natural em absoluto e hipotético[8]. Chamam

---

5. Arist., Aethicor., lib. 5, cap. 7.
6. Connan., lib. 1, Coment. cap. 6, ns. 2 e 3; Azor., Instit. Mor., lib. 1, c. 1, quaest. 5, tomo 3.
7. Hein., De Jure Nat., lib. 1, cap. 1, § 13.
(a) Para haver direito natural permissivo não é necessário haver lei particular que conceda; basta que não haja lei preceptiva que determine o contrário. Deus deu a liberdade a todos, e todas as ações que não lhes ficam sendo permitidas por aquela liberdade universal. Daqui vem que todo aquele que me quer proibir a execução de algum ato, e não ter por algum título direito para isso, ofende o meu direito e assim quebra o da paz que deve haver entre mim e ele e me faz injúria.
8. Hein., De Jure Bel. et Pac., lib. 1, cap. 1, § 1.

absoluto aquele que em todo o tempo existiu, sem dependência de algum fato humano, como o matar, jurar falso etc. Chamam hipotético aquele que, para existir, foi necessário que precedesse fato humano, assim como o furto, que, para haver semelhante preceito, foi preciso que os homens introduzissem as divisões dos domínios. Perdoe a autoridade de tão grande mestre: não há preceito algum de direito natural que seja hipotético. O furto sempre foi absoluto e independente da divisão dos domínios. Deus deu a todos os homens a liberdade e direito para poderem ocupar aqueles frutos que lhe fossem necessários para a sua conservação. Quem tem o poder de ocupar tem também o direito de reter. Ora suponhamos que eu, no estado natural, ocupava os frutos de uma árvore para a minha sustentação. Não me faria injúria aquele que me proibisse do domínio deles? Não estaria obrigado a procurar outros, para me ressarcir o incômodo e prejuízo que me resultasse de semelhante furto? Eu estou certo que sim, pois dando-me Deus o direito de reter, todo aquele que me tirasse a posse do que eu retinha, quebrava o meu direito, e todo o que ofende o direito dos outros fica obrigado a todo o dano que resultar da sua ação. Logo, no estado da Natureza, antes das divisões dos domínios, havia o preceito do furto e já por conseqüência fica não sendo hipotético, como dependente de algum fato humano; de que se segue que a divisão dos domínios não deu causa ou nova matéria para o preceito do furto, mas somente uma simples extensão. Passemos a ver as subdivisões do direito positivo.

7. O direito positivo, que é o que provém da simples vontade do legislador, se subdivide em positivo divino e positivo humano. Grócio subdivide o positivo

divino em particular, que é o que deu Deus a uma só nação, como foi o que deu aos hebreus, e em universal, dado a todos os homens, como foi o preceito dado a Noé da abstenção do sangue dos animais, e todos os da lei da graça dados por Cristo.
8. O direito positivo humano se divide em direito eclesiástico e civil; o eclesiástico se pode dividir em particular e em universal. É universal o que provém das disposições dos Concílios Universais e dos Papas e tem vigor e observância em toda a Igreja. O particular é o que é próprio de cada igreja particular, e provém das determinações dos Concílios provinciais e Constituições dos bispados. É de advertir que as decisões da Igreja em matérias de fé não se devem confundir com o direito eclesiástico, pois pertencem a direito divino, e da mesma sorte se deve julgar das disposições do Papa que não pertencem ao regime da Igreja, como são lei testamentárias etc., pois estas não constituem também direito canônico, mas sim mero civil do Papa. Ao direito civil divide também Grócio[9] em direito civil largo ou restrito. Restrito o que governa em uma só cidade, largo o que se observa em muitas. A este largo se dá alguma vez o nome de direito das gentes.
9. Temos visto as divisões do direito. Vamos a examinar as palavras de Ulpiano, de que se podem tirar algumas palavras sumamente perigosas. Ele diz que o direito natural é o que a natureza ensinou a todos os animais. Para qualquer conhecer que esta proposição é mui alheia da verdade, não carece de mais ciência do que a pouca que podem dar as simples luzes da razão. Dela se pode tirar que há um direi-

---

9. Grot., De Jure Bel., lib. 1, cap. 1, § 14.

to comum aos homens e aos brutos[b], o que não se pode admitir sem absurdo grande. Todo o direito supõe obrigação, toda a obrigação discurso e liberdade. E que absurdo não se segue de admitirmos aos brutos a liberdade e o discurso? Não nos poderemos depois livrar da inadmissível conseqüência de os julgarmos capazes do mérito ou demérito. É verdade que os homens praticam muitas ações que as feras também executam; sim, elas se conservam, elas alimentam os filhos, o que nós fazemos igualmente; mas sempre devemos advertir que entre as ações delas e as nossas há esta grande diferença: que elas tudo quanto executam é por uma simples inclinação da natureza, e nós por obrigação e por direito[10].

10. É questão mui célebre, se as coisas que são proibidas ou mandadas por direito da natureza são de tal qualidade, que não são más nem boas, porque Deus as proibiu ou mandou; mas proibidas ou mandadas por Deus, porque são más ou porque são boas. Grócio e outros muitos afirmam que elas são em si más ou boas e por isso proibidas ou mandadas. Assim constitui a diferença do direito divino positivo ao natural, em que fez más as coisas que proíbe, e outro somente as proíbe, porque são más[11]. Coccceo

....

(b) Ainda que Boehmero (Philos. Jure. Consultar "Estoic.") creia que os estóicos atribuíram discurso aos brutos, e ainda alguns destes seguissem que havia um direito comum entre eles e os homens, fundados na doutrina que seguiam que todas as almas eram irmãs e que só faziam diversas operações, conforme a disposição diversa da máquina em que estavam (Lipsius, Phil. Stoic., lib. 1, disert. 8), contudo nós não havemos dizer que os antigos consultos, nem ainda o mesmo Ulpiano, seguiu semelhante opinião, pois vemos que ele mesmo nega aos brutos o discurso na lei 1, § 3 ff. "*si quadr. paup. fecis. dicatr.*"

10. Pufend., De Jure Nat., lib. 2, cap. 3, § 2 e 3.
11. Grot., De Jure Bel., lib. 1, cap. 1, § 10, ns. 1-2; Cocc., Ad eundem.

julga errônea esta doutrina e o seu fundamento é que, se Deus proibiu uma coisa porque já era má, então há outra regra com a qual ele teve obrigação de se conformar, além de Deus.
11. Eu confesso que acho força grande neste seu fundamento. Assim digo que a maldade e a bondade dos atos proibidos ou mandados por direito natural provêm só da proibição ou mandado de Deus. Pois além deste, não havemos pôr outra regra da bondade ou da maldade. Daqui tiro que as coisas proibidas por direito natural não são proibidas por Deus porque são más, porém que são más porque são proibidas, pois que a maldade só pode provir da proibição. A diferença que vai do direito natural ao positivo é que o positivo é meramente arbitrário e o natural não, porque Deus, sendo um ente sumamente santo, há de proibir o que não for concernente à natureza do seu criado. Daí vem que a maldade provém da proibição, e esta da repugnância que os atos têm com a natureza e o fim do criado.
12. A justiça, conforme a opinião do imperador Justiniano[12], é uma constante e perpétua vontade de dar a cada um o que é seu. Ainda que Lemonier e outros sábios afirmem que esta definição é geralmente abraçada por todos, assim filósofos como teólogos[13], contudo, como uns acham que ela não se pode aplicar bem à justiça dos homens[(c)] e outros a julgam fun-

....
12. Princip., Inst. De just. et jure.
13. Lemon., Philosof. *Mor.*, lib. 5.
(c) Foi Accurcio na glosa ordinária ao princípio Inst. De just. et jure, lit. 6. A razão em que se firma foi o julgar que os dois termos "perpétua" e "constante" não se podiam aplicar à vontade do homem mudável e vária: mas isto não tem fundamento, pois o Imperador definiu a justiça por uma vontade abstrata e não por aquela que qualquer homem tem.

dada nos princípios da filosofia estóica[d], será justo que transcrevamos aqui alguma outra definição, livre de semelhantes reparos, ou sejam bem ou mal fundados. Túlio diz que a justiça é um hábito do ânimo, guardado por razão da utilidade pública, e que guarda a cada qual a sua dignidade[14]. Peraldo a define "uma virtude que dá a cada um o que é seu"[15]. Esta é na verdade a melhor e a mais conforme à nossa filosofia. A justiça é uma das virtudes que exercitam os homens; por isso se põe a palavra "virtude" pelo gênero, e pela diferença as palavras "que dá a cada um o que é seu".

13. Antoine divide a justiça em legal, comutativa, distributiva e vindicativa. Chama legal à virtude que inclina os homens a darem à República o que lhe devem, como devido à comunidade toda. Chama comutativa à que nos inclina a darmos a cada um o que é seu. Distributiva à que inclina ao rei a dar os prêmios aos merecedores deles. Vindicativa à que inclina aos juízes a darem aos delinqüentes os merecidos castigos[16]. Isto é estar fazendo divisões inúteis em tantas espécies diversas de justiças, quantas são as matérias sobre que versam.

14. A torrente dos antigos doutores a dividiram em comutativa e distributiva. Chamaram comutativa à que versa sobre contratos, e distributiva à que versa sobre os prêmios e os castigos[e]. Aquela guarda a proporção

....

(d) Os estóicos puseram a virtude na constância do ânimo (Cícero, Parad. 3º, cap. 1; Sêneca, Epist. 66). Daqui vem o definirem os jurisconsultos antigos a virtude da justiça por uma constante e perpétua vontade.

14. Tulio, lib. 1, Rector.
15. Perald., In Sum. de Vit. et Virt.
16. Antoin., Theol. Moral., tomo 1, tract. De Just., cap. 1.

(e) Hornejo (Ethic., lib. 3, cap. II, § 14) diz que a justiça comutativa é a que versa sobre as coisas dos particulares, e que esta é a que guarda a proporção aritmética, que a distributiva versa sobre as coisas do público, e que

aritmética, e esta a geométrica; mas esta divisão também me não agrada, pois cai no mesmo defeito que a primeira. O versar a justiça sobre os contratos ou sobre os prêmios e castigos não lhe dá diversa natureza. Logo, não faz diversa espécie de justiça para que se deva uma dividir da outra. Além de que a proporção geométrica não tem somente lugar nos contratos, pois que ela se deve também guardar na restituição do dano[f].

15. Grócio[17] nos dá uma belíssima divisão em justiça *expletrice* e *atributrice*. Para vermos quanto é boa semelhante divisão, havemos de reparar em que há um direito que obriga de necessidade, e outro não. Ponhamos um exemplo: O direito de ressarcir o dano é perfeito, pois me põe uma obrigação rigorosa de o ressarcir e dá direito à pessoa ofendida para que possa exigir de mim a sua satisfação. O direito de remediar ao pobre é imperfeito, pois não só me não põe obrigação rigorosa de o remediar, mas nem dá direito a ele para que exija de mim que o socorra. A justiça pois *expletrice* é a que dá o que se deve de direito perfeito; e a justiça *atributrice*[g] a que dá

....

esta é a que guarda a proporção geométrica. Heinécio (De Jure Bel. et Pac., lib. 1, cap. 1, § 8) refuta semelhante aplicação de termos e com razão. A República quando paga o que deve não paga mais do que na verdade se segue que a proporção aritmética tem tanto lugar nas coisas do público como nas coisas dos particulares.

(f) Chama-se proporção aritmética a que guarda uma tal igualdade, que nem atende a qualidade ou a merecimento algum, *v. g.*, a coisa que se vende, deve-se vender pelo mesmo preço ao nobre e ao mecânico, ao ignorante e ao sábio. Chama-se proporção geométrica a que não atende a coisa, mas tem atenção ao diverso merecimento dos sujeitos, *v. g.*, o rei quando reparte os cargos e os prêmios da República não os reparte a todos igualmente, mas antes prefere o nobre ao mecânico e o sábio ao ignorante.

17. Grot., De Jure Bel., lib. 1, cap. 1, § 8.

(g) Chama-se justiça *expletrice*, isto é, "que enche", pois o que se me deve de direito perfeito já se reputa meu, antes que me seja restituído; assim o que se deve de direito imperfeito. Heinécio aplica a estas duas qualidades de justiças os preceitos de direito "viver honesto, não ofender a outro, e dar a cada qual o que for seu"[18], dizendo que quem guarda a justiça *atributrice* vive honesto, e que quem guarda a justiça *expletrice* dá aos outros o que é seu e não ofende a ninguém[19].

16. Os antigos dividiam a justiça em universal e particular. Chamaram a justiça universal à que em si continha todo o gênero de virtudes[20]. E neste sentido é que se chama na Sagrada Escritura justos aos santos patriarcas Abrão, Isac e Jacob e outros varões santos e virtuosos. A justiça particular era somente aquela virtude que inclinava os homens a darem a cada um o que era seu. Esta divisão me pareceu totalmente inútil e desnecessária, pois nos basta a que expusemos no parágrafo antecedente.

17. As partes integrantes da justiça, conforme Santo Tomás, são "fugir do mal e fazer bem"[21]. As potenciais, conforme o mesmo santo, são: religião, piedade, observância, verdade, graça, castigo, liberalidade e amizade[22]. Conforme Macróbio são: inocência, ami-

....

o que me restitua o que me deve não me dá nada de novo, mas somente enche aquela falta que me fazia a coisa que ele me detinha injustamente. Pufendórfio, De Jure Nat., lib. 1, c. 7, § 2, põe o exemplo daquele que, tirando-me algum livro da minha livraria, se depois mo restitua e o mete no seu lugar, não a aumenta mas somente enche a estante de onde o tirou. Chama-se justiça *atributrice*, isto é, "justiça que dá", porque, como a pessoa com quem ela se pratica nem tem jus de exigir semelhante ação, nem à coisa que se lhe dá se pode chamar sua, antes que lhe seja dada porque lhe não pertence por direito perfeito; por isso esta justiça se chama *atributrice*, ou justiça que dá, porque na verdade dá quem me dá o que eu não tinha jus para pedir.

18. § 3, Inst. De just. et jure.
19. Hein., Elem. Juris, tit. *De just. et jure*, § 22.
20. Arist., Ethic., lib. 5, cap. 3.
21. D. Thom. 2.2, Quaest. 77, art. 1.
22. D. Thom. 2.2, Quaest. 80, art. 1.

zade, concórdia, piedade, religião, afeto e humanidade. Túlio[23] as divide em religião, piedade, graça, castigo, observância e verdade. Explicaremos estas. A religião é uma virtude pela qual damos a Deus o devido culto. A caridade é a com que nos ajudamos e beneficiamos uns aos outros. A piedade é a com que damos devida reverência à Pátria e aos parentes. A graça é a com que retribuímos gratos aos benefícios. O castigo a com que os superiores punem os delitos dos seus súditos. A observância a que nos obriga a obedecermos aos preceitos daqueles a quem somos legitimamente sujeitos. A verdade a que nos obrigar a falar como pensamos.

18. Resta-nos agora mostrar a diversidade que vai da justiça de Deus à justiça dos homens. Em Deus rigorosamente não cabe justiça, pois para pormos um ato de perfeita justiça é necessário pormos a dois sujeitos, um com obrigação de dar e outro com direito de pedir. E como não pode haver ente algum que não seja criado por Deus, não se deve neste admitir ato algum de perfeita justiça, pois que fora uma espécie de imperfeição pormos ao Criador obrigado aos mesmos entes que criou e de que é Senhor. Deus, sim, dá a cada um o que merece e o que lhe promete, não falta, não engana; mas isto não procede porque Deus seja sujeito próprio da justiça, mas sim porque assim o quer. E o quer assim, não porque tenha algum vínculo externo, qual os homens têm, que o obrigue e constranja, mas porque o engana, e a mentira é uma imperfeição, e Deus não a há de querer, sendo um ente sumamente perfeito e santo[24].

---

23. Tul., lib. 1, Rhector.
24. Lemonier, Philos. Mor., lib. 5; Pufend., De Jur. Nat., lib. 1, cap. 3, § 5.

CAPÍTULO 2

Das leis em geral

Grócio define a lei "uma regra dos atos morais que obriga ao que é justo"[1]. Heinécio porém[2] não acha boa esta definição porque nela se supõe haver justo e injusto antes da lei. Grócio tanto supôs isto, que chegou a proferir que, ainda que não houvesse Deus, ou havendo, ele não cuidasse nas coisas do mundo, sempre haveria direito da natureza, o que de nenhuma sorte se deve admitir, porque, tirado Deus, não podemos conceber legislador, e sem legislador não podemos admitir algum preceito. Desprezada pois a definição de Grócio, transcreveremos a de Heinécio: "a lei é uma regra dos atos morais prescrita pelo superior aos súditos para os obrigar a comporem conforme ela as suas ações". Desta definição não se apartam as que nos deram Pufendórfio[3] e outros varões sábios, razão por que nos não cansamos a referi-las.

1. A lei segue as mesmas divisões que damos ao direito. A primeira divisão, pois, é em preceptiva e permissiva. A preceptiva é a que manda ou a que proíbe que se faça alguma ação. A permissiva é a que não

....
1. Grot., De Jure Bel. et Pac., lib. 1, cap. 1, § 9, n. 1.
2. Hein., De Jure Bel. et Pac., lib. 1, cap. 1, § 9, n. 1.
3. Pufend., De Jure Nat., lib. 1, cap. 4, § 4.

manda nem proíbe, mas somente concede que alguma coisa se faça ou não faça[a]. É de advertir que toda a lei permissiva é preceptiva também, pois proíbe que ninguém possa impedir aos outros que estes usem da faculdade dela. Chama-se lei permissiva para diferença da preceptiva, que manda ou obriga a todos – a uns a que façam, a outros a que não impeçam, e a permissiva somente obriga a uns a que não impeçam, mas não obriga aos outros a que façam.

2. A segunda divisão da lei é que toda a lei ou é divina ou humana. Os teólogos dividem a divina em eterna, natural e positiva. A lei humana divide-se também em eclesiástica e civil. Trataremos depois de cada uma delas.

3. A lei distingue-se do conselho, ainda que este também seja uma regra das coisas que se devem fazer, pois a lei provém tão-somente do superior[4]. A lei traz consigo o prêmio e o castigo, o conselho não; o conselho enfim não obriga, e a lei sim[5]. Nem obsta que o conselho algumas vezes obriga, como é quando o médico dá aos enfermos algum saudável, pois ainda neste caso não obriga como a lei obriga. O conselho do médico não obriga ao enfermo porque este tenha algum jus para obrigá-lo, mas sim porque a natural razão nos obriga a fugir de tudo o que pode

---

[a] Dissemos, quando tratamos das divisões do direito, que não era necessária lei alguma particular que concedesse especialmente alguma coisa para haver direito natural permissivo, pois que Deus dera sua geral liberdade aos homens, e por isso para ser qualquer ação permitida, bastava que Deus não pusesse lei preceptiva sobre ela. Isto não tem lugar no direito humano, pois que os homens não poderiam fazer muitas coisas, se as leis especialmente não lhas concedessem.

4. Hein., De Offic., lib. 1, cap. 2, § 2.
5. D. Hieron., lib. 1, Contr. Jovin.

ser nocivo à nossa conservação. Não assim a lei. Ela não obriga em virtude da razão em que se funda, mas sim porque o legislador tem direito para exigir de nós a execução dos seus preceitos[6].

4. Distingue-se a lei do privilégio, porque ainda que o privilégio seja uma lei, é contudo uma lei particular e esta um preceito universal. Distingue-se do pacto porque este carece do consentimento de todos os contraentes e a lei somente da vontade do superior. Distingue-se enfim do direito, enquanto é uma faculdade que compete à pessoa para poder obrar ou não obrar, porque o direito faculta ao homem o poder obrar, a lei restringe aquela liberdade natural e lhe põe necessidade[7]. Daqui vem que pode qualquer renunciar o seu direito mas não a lei[8].

5. O primeiro requisito da lei é que deve ser honesta[9]. Deus deu o poder aos homens para que estes estabeleçam coisas que não sejam lícitas e honestas? O fim das leis é o fazerem aos homens bons; e como se poderá conseguir este fim, se o que elas disputarem forem coisas torpes e indecentes? Logo, a lei deve ser honesta. Isto porém não se deve entender tão rigorosamente que digamos que toda lei deve necessariamente mandar coisas em si honestas. Não; para a lei ser honesta, basta que mande coisas que, não sendo torpes em si, possam receber do fim para que se fazem a sua honestidade[10].

6. O segundo requisito é que deve ser tal que de nenhuma forma ofenda a pública utilidade. As leis

....

6. Pufend., De Jure Nat., lib. 1, cap. 6, § 1.
7. Pufend., De Jure Nat., lib. 1, cap. 6, § 5.
8. Hein., De Offic., lib. 1, c. 2, § 2.
9. Canc. Var., part 3, cap. 3, n. 94.
10. Antoin., Theol. Mor., tomo 1, tract. de Leg. Sect. 1.

têm por fim o bem dos povos. Logo, para ser boa há de desempenhar o seu fim de tal forma, que não há de mandar coisa alguma nociva, porém dispor sempre o for útil[11] e proveitoso, pois a não ser assim, seria coatar inutilmente a natural liberdade dos vassalos. Mas para a lei não ser má, basta que seja útil à parte maior da sociedade, posto que a outra seja nociva. Que lei poderemos conceber, por mais útil que seja, de qual não haja alguém que receba dano? Daqui se segue que todas as vezes que a lei não for danosa mas antes útil à maior parte dos povos, ainda que não seja assim a respeito da outra, não será injusta mas antes justa, pois que lhe não falta o fim da pública utilidade. Como dissemos que a lei não só deve ser ofensiva do público, antes pelo contrário proveitosa, sempre devemos advertir que ainda que não conheçamos a razão de alguma, nem por isso nos desobrigaremos dela, pois havemos confessar que nem todas as razões pelas quais se fazem as coisas nos podem ser patentes e nem os soberanos têm obrigação de declararem aos povos os seus pensamentos.

7. O terceiro requisito é que toda a lei deve ser possível. A lei é uma regra que se propõe aos vassalos para que eles conformem com ela as suas ações[12]. Logo, deve ser possível, porque não estando ninguém obrigado aos impossíveis, não será lei a que for de tal qualidade que não possa obrigar aos súditos à sua observância.

8. O quarto requisito da lei é que deve ser perpétua e durar sempre, enquanto existir a sociedade a quem ela se propuser. Nisto se distingue do mandado, pois

---

11. Canc. Var., part. 3, cap. II, § 3 e § 5.
12. Hein., De Offic., lib. 1, cap. 3, § 8.

este acaba com a morte de quem manda, e a lei não. A razão da diferença é porque a lei é dada por uma pessoa moral que representa a sociedade, e como esta pessoa moral não pode acabar enquanto durar a cidade, também não podemos julgar extinta a lei enquanto a mesma sociedade se não destruir.

9. Dizemos que é propriedade da lei o ser perpétua; mas isto não se deve entender tão rigorosamente, que julguemos que depois de posta uma lei, haja esta de durar enquanto existir a sociedade. Não; a lei tem por objeto o bem público, e a mesma pessoa que teve o poder de a fazer o tem também para a tirar. De que se segue que esta regra admite as duas exceções: de quando ou ela se fizer inútil e nociva à pública utilidade, ou quando o monarca a revogar por outra oposta.

10. O quinto requisito é que deve ser feita por aquele a quem compete o sumo poder. Como a lei produz obrigação, é certo que ninguém a pode pôr sem que tenha o jus de mandar, como também que para a haver há de haver um superior. Mas contudo nem todos os superiores podem pôr lei, pois como ela se dirige à utilidade pública, só a poderá pôr aquele supremo imperante a cujo cargo estiver incumbido o cuidar do bem e interesses de toda a sociedade. Nisto tem a lei outra diferença do preceito, pois ela não pode ser feita senão por quem tiver o supremo poder e em utilidade do público, e este o pode pôr qualquer pessoa privada como o pai de família etc.[13].

11. O sexto requisito é que a lei deve ser promulgada[14]. A lei é uma regra que obriga aos súditos a se con-

---

13. Antoin., Theolog. Mor., tract. de leg., tomo 1, p. 238.
14. D. Thom. 1. 2, Quaest. 30, art. 4.

formarem com ela nas suas ações, e não se podendo ninguém obrigar a coisas incógnitas, quais são as leis postas na mente do legislador ou em escritos ocultos, por isso se deve intimar aos povos para que estes se possam conformar com a sua disposição. Esta promulgação tanto se requer que, ainda que um membro da sociedade tenha dela notícia, não terá obrigação de a exercitar, enquanto ela não for legitimamente promulgada, e é a razão por que, sendo a lei preceito comum dado à sociedade, não há de obrigar a uma parte primeiro que ao todo.

12. Esta publicação não deve ser feita a uns indivíduos só da sociedade, mas a todos eles, pois como a sua obrigação incumbe geralmente a todos, se deve participar a sua existência. Será mais preciso que se faça com alguns ritos e cerimônias certas? Não, que a natureza do ato não as requer; porém sempre se deve advertir que se houver algum costume ou lei do príncipe, então se deve esta observar de tal sorte que, omitida alguma solenidade, não se julgará promulgada.

13. Ainda que parece coisa impossível que a lei, apenas que se publique possa logo chegar à notícia de todos, ela contudo desde o instante em que se julgou publicada fica logo obrigando a todos igualmente, tanto aos cientes quanto aos ignorantes dela. Se algum porém com ignorância invencível a quebrar, não peca, não porque ela na verdade não o obrigue, mas porque a ignorância invencível o absolve da culpa[15].

14. O sétimo requisito é que a lei deve ser promulgada com palavras claras e próprias[16], que não causem dúvidas na sua inteligência, porque de outra forma

---

15. D. Thom. 1. 2, Quaest. 90, art. 4, ad. 2.
16. Hein., De Offic. Hom., lib. 1, cap. 2, § 6.

não só não estabeleceria coisa alguma que fosse firme, mas antes daria ocasião a que os súditos caíssem em mil erros e incorressem em penas que não mereciam, violando as disposições do rei com as mesmas ações com que talvez imaginariam cumpri-las.

15. O oitavo requisito é que a lei disponha de futuro, pois sendo ela uma regra das ações, deve ser antecedente às que intenta regular. Logo, não há de dispor das ações pretéritas, porque estas já se não podem regular. Esta doutrina não se deve entender tão rigorosamente que se julgue que ela não pode dispor das ações pretéritas em caso algum. Sim, padece suas exceções, ou quando se renova alguma lei antiga ou se dispõe de alguma coisa já conhecida por direito da natureza, porque nestes casos se pode livremente determinar em contrário dela.

16. Como o efeito da lei é obrigar, parece que será justo que mostre o que é obrigação e o fundamento de que nasce o direito que têm os soberanos para nos poderem obrigar. O imperador Justiniano definiu a obrigação[17] "um vínculo de direito pelo qual nos adstringimos à necessidade de fazermos alguma cousa". Esta definição, enquanto se explica pelas palavras "vínculo de direito", é metafórica; por isso seguiremos[18] a de Heinécio, que é "uma necessidade moral que obriga aos homens ou a darem ou a sofrerem ou a fazerem alguma coisa".

17. Toda a obrigação ou é interna ou é externa. Chamamos obrigação interna a que provém da necessidade que nos põe a lei. Externa a que só provém do medo e receio do castigo. É de advertir que toda a

....
17. Princ., Inst. De obligat.
18. Hein., De Offic., lib. 1, cap. 2, § 3.

obrigação em si verdadeiramente é intrínseca, pois como o homem não se pode obrigar a si mesmo, vem toda a obrigação a provir de um princípio externo e a ser por conseqüência externa. Chamamos pois externa a uma e interna a outra, não porque elas todas não sejam externas, mas para distinguirmos da obrigação que nos obriga só com castigos corporais a outra que nos obriga no foro da consciência.

18. Obésio seguiu que o direito de mandar nascia tão-somente do poder irresistível[19]. Esta opinião refuta Heinécio com o fundamento de que então teriam os ladrões direito de nos obrigarem. Na verdade que esta opinião é bem nociva à sociedade humana. Dela nada se segue do que pormos a sujeição aos soberanos pendente tão-somente da mera cortesia dos vassalos. Quem negará que, se o direito de obrigar procede somente do poder irresistível, poderá o povo rebelado contra o seu legítimo soberano não só não lhe obedecer *de jure*, mas ainda dominá-lo? Só quem negar que o poder do povo não é mais irresistível que o do monarca, todas as vezes que o considerarmos despido da majestade e da soberania. Não sei que possa haver doutrina mais alheia da razão e mais nociva.

19. Também não falta quem ponha semelhante fundamento na prestância e na excelência[20]. Esta opinião é outra falsidade. É sim bem certo que a natureza ensina que ao douto se sujeite o indouto, e que o fraco se valha do amparo do forte, para haverem de livrarem-se das infrações das leis e das violências

---

19. Obes., De Civ., cap. 15; Leviat., cap. 19, p. 157.
20. Mosos Amiral., in disert. De Jure Dei in Res Creatas.

dos maus. O praticarem assim os homens dotados de razão é uma coisa tão natural que até a mesma natureza a ensina aos próprios animais. Sim, nós vemos que à vista do lobo se vale o fraco cachorrinho do amparo do senhor, mas daqui não se negue que o douto e valente tenham jus para poderem dominar aos outros, mas só sim um direito imperfeito para deverem ser preferidos aos outros na eleição do governo. Os verdadeiros princípios pois porque alguém pode exigir a obediência dos mais são a dependência em razão da essência, qual é o que tem do seu criador o ente criado, e entre iguais o pacto e a voluntária sujeição daqueles de quem a obediência se pretende.

20. Como a natureza da lei é obrigar, e isto só se consegue bem com o temor das penas, vamos mostrar se as leis requerem por sua natureza uma sanção penal. Há duas qualidades de leis preceptivas: umas proíbem, outras mandam que se faça alguma coisa. As que proíbem requerem totalmente a sanção penal. As outras, ou são gerais, que obrigam a todos, e estas carecem também da sanção penal, ou são particulares, que não carecem dela, mas antes pelo contrário de prêmio. Mas esta regra parece que não é geral. Há muitas leis que proíbem e não taxam penas. Havemos de reparar que a pena ou é universal ou é particular. A universal é a da nulidade do ato que se fizer contra a lei, a particular é a corporal ou pecuniária que a mesma lei arbitra aos transgressores dela. Não há pois lei proibitiva que não inclua alguma destas penas. Daqui vem que todas as vezes que a lei proíbe alguma coisa só com a pena universal, se chama lei imperfeita, e todas as vezes que a proíbe com pena particular chama-se lei perfeita.

É mais de advertir que a lei imperfeita só tem lugar na proibição dos atos que não constituem delito, *v. g.*, quando o rei proíbe que ninguém faça testamento sem lhe ajuntar cinco testemunhas. Daqui se segue que, quando a coisa proibida constitui delito, sempre a lei deve ser perfeita, e que se alguma vez não traz arbitrada a pena, é porque o soberano quer que ela fique ao arbítrio do juiz a quem tocar o conhecimento dela.

CAPÍTULO 3

Das leis em particular

Lei eterna, tomada no sentido lato, é a suma razão com que Deus governa tudo; tomada no seu sentido estrito, é uma ordenação da vontade de Deus, pela qual ele *ab aeterno* determinou que haviam obrar as criaturas racionais as coisas necessárias para viverem conforme a natureza racional. Santo Agostinho diz que ela é a vontade de Deus, que manda que se guarde a ordem natural e proíbe que ela se altere[1]. Esta lei é a fonte de todas as mais e a primeira regra das ações humanas.

1. A lei natural não é outra coisa mais do que a lei divina, participada à criatura por meio da razão, que manda que se faça o que é necessário para se viver conforme a natureza racional, como racional, e proíbe que se execute o que é inconveniente à mesma natureza racional, como racional. Santo Tomás lhe chama uma participação da lei eterna na criatura racional, pela qual se faz capaz de dicernir o bem do mal[2].
2. A primeira propriedade desta santa lei é que dos preceitos primários dela não pode haver ignorância que invencível seja[3]. Ela foi infundida nos nossos

---

1. D. August., lib. 22, Contr. Faust., cap. 27.
2. D. Thom., 1. 2, Quaest. 91, art. 2.
3. D. Thom., 1. 2, Quaest. 84, art. 6.

corações por mão do Criador[4]; por isso Santo Ambrósio nos diz que ela não se escreve, mas que nasce[5]. Aquela suma providência de Deus, que tem cuidado dos peixes no mar e dos brutos na terra, não há de deixar de cuidar dos homens, iluminando a todos naquelas coisas que lhes são totalmente necessárias. Se alegares contra isto a distância do lugar, esquecer-te-ás de que está Deus em toda parte, se a rudeza dos homens, deves saber que pode tudo, se a falta de doutores, respondo que ele tem anjos e que os corações dos homens estão todos nas suas mãos. Que ignorância invencível pois poderemos nós conceder em uma matéria e notícia que Deus infunde a todos por meio da razão? Só poderemos supor assim, se dissermos que a razão não é igual a todos e que participando Deus esta lei aos homens, como meio para os conduzir à felicidade eterna, não a participa a todos sem diferença humana, proposição ímpia, pois que dela se segue que então não dá Deus a todos os meios necessários para conseguirem a eterna salvação.

3. A segunda propriedade da lei natural é que ela é imutável, pois que não se pode fazer nem inútil e nociva, nem revogar-se por superior, nem prescrever-se por costume oposto, que são os únicos meios pelos quais as leis estão sujeitas a mudança. Para vermos que não se pode reduzir a inútil e nociva, basta a seguinte reflexão: A lei natural não manda senão o que é conveniente ao estado da natureza racional. A natureza racional não pode sentir alteração alguma. Logo, não pode haver caso em que se faça inútil e nociva. Vamos também a ver em como Deus não a pode revogar.

---

4. D. August., *In* Psalm. 87, n. 1.
5. D. Amb. Epist. 73, claus. 2.

4. A vontade de Deus, ainda que é libérrima, não pode querer o que é injusto nem mudar o que uma vez quis; não porque Deus tenha alguma causa externa que o obrigue, mas porque assim convém à sua perfeitíssima natureza. Sendo pois o direito natural em tudo justo, em tudo santo, é bem certo que Deus não o pode mudar, pois que ele não pode querer coisa que não seja a mais perfeita, nem tampouco reprovar o que uma vez aprovou, pois que isto argúi arrependimento e este a ignorância e a imperfeição, o que sem uma grande impiedade lhe não podemos considerar.

5. Obsta porém primeiramente que Deus é onipotente e que como tal há de poder fazer e mudar tudo. Obsta mais que parece que na verdade mudou o direito natural, já quando mandou ao patriarca Abrão que sacrificasse o seu filho[6], já quando permitiu aos hebreus que furtassem os vasos e ornatos dos egípcios[7]. Ao primeiro se responde que a onipotência consiste em poder fazer um ente tudo quanto quer e não em fazer o que de nenhuma sorte quer. Logo, da onipotência de Deus não se pode tirar por conseqüência que ele pode mudar o direito da natureza, pois que a razão por que ele não pode mudar o mesmo direito é só porque não quer, e não quer porque não pode querer coisa alguma que repugne à sua infinita perfeição. Ao segundo se responde que matar um homem a outro por mandado de Deus não é contra o direito da natureza. A lei natural proíbe tão-somente o homicídio; o homicídio é matar o homem a outro sem justo fundamento. Todas as

----

6. Gênes., cap. 22.
7. Êxod., cap. 12, n. 35.

vezes pois que alguém mata por mandado de Deus não é homicida. Deus é senhor absoluto das nossas vidas; pode-as tirar todas as vezes que muito lhe parecer, e isto não é só *per si*, mas usado de qualquer homem para instrumento. Logo, o mandar Deus ao patriarca Abrão que matasse Isac não foi dispensar na lei, foi sim usar do seu direito e constituí-lo instrumento seu. Ao terceiro se responde da mesma sorte porque furtar é tirar um homem a outro os seus bens e não tirar-lhos Deus, que é senhor de tudo e os pode dar a quem quiser sem fazer injúria alguma a aquele a quem para isso os mandar tirar. Para vermos também que ele se não pode prescrever por costume contrário, basta somente repararmos que se nem Deus o há de mudar com opostos decretos, quanto mais os homens com os seus opostos costumes.

6. A lei positiva divina divide-se em lei velha e lei nova. A lei velha é a que Deus deu aos hebreus. A nova a que ensinou Cristo. A lei velha compõe-se de preceitos morais, cerimoniais e judiciais; os conselhos morais ainda duram, os cerimoniais acabaram com a lei evangélica e duram tão-somente enquanto à mística interpretação. Os judiciais totalmente se extinguiram, se bem que a Igreja tem suscitado alguns. A ciência destes preceitos judiciais, ainda que hoje não nos obrigam como lei, sempre é utilíssima, ainda para o estudo do direito da natureza. Que prova melhor para mostrarmos que alguma disposição o não ofende do que o podermos confirmá-la com algum daqueles divinos preceitos? Pode Deus mandar alguma coisa sem que seja justa, sem que seja santa? Logo, ainda que estes preceitos já não tenham o vigor de lei, sempre se devem saber para nos guiarmos por eles na indagação da verdade.

7. A lei nova, a que chamamos lei da graça, é muito mais perfeita do que a velha, não enquanto ao seu legislador, mas enquanto ao modo da sua publicação, a sua brandura e os seus efeitos. A lei velha foi publicada por Moisés, um puro homem. A nova por um homem-Deus. Aquela era uma lei de terror, esta uma lei de amor; os sacramentos daquela não tinham a eficácia dos sacramentos desta, nem os sacrifícios igual valor.

8. Lutero e Calvino negaram impiamente que esta lei incluísse em si algum preceito além do da caridade. Este erro é contra o literal da Sagrada Página e definido por herético no sagrado Concílio de Trento[8]. Cristo, sim, foi mestre que ensinou a sua lei, mas foi um mestre legislador. Nela nos deu muitos conselhos de perfeição, mas também nos deixou alguns preceitos de obrigação, qual é o do batismo[9] e outros muitos.

9. As leis eclesiásticas são umas leis sumamente necessárias para o bom regime da Igreja sumamente úteis à união dos fiéis. A estas leis se chama alguma vez divinas, não só porque o poder da Igreja com que elas se estabeleceram é divino, mas porque muitas foram feitas com especial assistência do Divino[10] Espírito Santo e outras tiradas das divinas escrituras[11]. As leis eclesiásticas são universais ou particulares; as universais que obrigam em toda a parte do cristianismo são as que provêm dos Concílios Universais e do Papa, as particulares as que provêm dos concílios provinciais e das constituições

---

8. Conc. Trid. Sect. 6, cap. 19, 20 e 21.
9. Joan., cap. 3, n. 5; Marc., cap. 16, n. 16.
10. Cap. Violatores 25, quaest. 1.
11. Cap. Qualiter 24, De Accus.

das dioceses, que obrigam somente nos seus respectivos territórios[12].
10. A lei eclesiástica ou é escrita ou não escrita. A lei escrita é a que provém das disposições expressas dos Concílios e dos Papas; a não escrita são as tradições e os costumes louváveis da mesma Igreja[13]. Os primeiros que deram leis eclesiásticas foram os santos Apóstolos, pois que nem todas as leis que nos deixaram escritas são divinas. Sim, entre elas se tem também algumas meramente eclesiásticas, quais são as de não se ordenarem os bígamos[14] e a da abstenção do sangue[15] e do sufocado.
11. Das leis eclesiásticas fizeram em vários tempos muitas coleções escritores assim gregos como latinos, mas como elas punham todas as sentenças de um autor debaixo do seu nome sem que ajuntassem as de um com as dos outros que trataram da mesma matéria, isto fazia uma confusão grande, pois que era preciso a quem queria ver as doutrinas pertencentes a qualquer o ir procurá-las em muitas e mui diversas partes. Para se evitar semelhante confusão houve alguns que reduziram tudo a certos capítulos, como foram Crescônio, bispo africano, Bruchardo Wormaciense e outros, aos quais depois sucedeu o corpo de direito canônico de que usa a Igreja.
12. A lei civil a respeito da sociedade é como alma de um corpo que, faltando, morre[16]. Heinécio a define por "um decreto do sumo imperante, pelo qual se põe a obrigação aos súditos de fazerem ou não fa-

....
12. Tholos., lib. 1, Par. Jus Can., tit. 2, cap. 14.
13. Cap. Eclesiast., dist. 11, cap. Apostolicis, dist. 12.
14. Paul., Ad Thim., 1, cap. 3.
15. Acta, cap. 15, n. 20.
16. Grot., De Jure Belli, tit. 3, cap. 3, § 2, n. 2.

zerem na vida civil alguma cousa"[17]. Chama-se "decreto" para diferença do mandado do juiz, que só vale entre as partes a favor ou contra quem se deu.

13. Dissemos já que há duas qualidades de obrigações, uma interna, isto é, de consciência, e outra externa, que não obriga em consciência mas somente com o temor e receio do castigo corporal. Vamos pois a ver se as leis humanas obrigam no foro interno. Que as humanas eclesiásticas obrigam nele é coisa que todos confessam incontrovertivelmente, pois nós lemos nas sagradas letras muitos textos que assim o provam. Não questionemos pois destas, e vamos indagar se as leis civis nos põem uma igual obrigação.

14. Longe de nós a doutrina dos casuístas que o negam. A lei natural obriga a obedecermos a todos que nos forem superiores. A lei da natureza obriga no foro interno; logo, temos obrigação interna de obedecermos ao soberano como nosso superior. Quem quebra o direito de outro fica obrigado no foro interno, quem desobedece ao rei quebra o direito dele. Logo, fica culpado no foro interno. Além de que a boa razão obriga e pede que as leis obriguem no foro da consciência. Que desordem seria a da República, se as leis dela não obrigassem aos seus indivíduos mais do que no foro externo? Quem perdesse o terror ao castigo poderia executar quanto lhe parecesse. Quem as pudesse ilidir ocultamente ficava absolvido de sua obrigação. Esta péssima doutrina não merece outro nome mais do que o de "peste da sociedade e mãe dos insultos e delitos".

15. As Sagradas Escrituras estão em várias partes dizendo que temos obrigação interna de obedecer ao rei. Lancemos os olhos ao *Testamento Novo*: aí veremos

---

17. Hein., De Offic., lib. 2, cap. 12, § 1.

que S. Pedro nos diz que devemos sujeitar-nos todos ao rei, como maior, e aos seus ministros como mandados por ele para castigo dos maus, porque assim é a vontade do Senhor[18]. Se houver algum a quem este texto tão expresso não satisfaça, recorra às palavras de S. Paulo[19] e verá que ele diz "que toda a alma seja sujeita ao poder superior, pois não há poder que não seja de Deus, e por isso quem resiste ao poder, resiste à ordenação de Deus e que busca por conseqüência a sua condenação". E logo mais abaixo continua dizendo "que o rei é ministro de Deus, e que de necessidade lhe devemos obedecer não só por causa da ira, mas ainda por amor da consciência". Parece que não há texto mais expresso.

16. Mostrado assim que a lei do soberano obriga no foro da consciência a todos, vamos pois a mostrar quando ela nos seus preceitos nos obriga a uma culpa grave. A regra é que só obriga debaixo de culpa grave, se for grave a matéria dela, pois fora contra toda a boa razão o contrário, e nem Deus nos seus preceitos nos obriga a uma culpa grave, sendo a matéria leve. Mas quanto poderemos nós julgar que a matéria é grave? Quando o fim próximo para que a lei se põe ou ao menos o remoto for de grande consideração e momento para toda a sociedade.

17. Mas bastará somente que a matéria seja grave? Não, pois o rei ainda que em matéria leve não pode obrigar, sobre culpa grave pode contudo em matéria grave não querer obrigar senão com culpa leve; daqui vem que para a lei obrigar debaixo de culpa grave, não só será preciso que a matéria seja grave,

---

18. Petr., cap. 2, n. 13 ss.
19. Paul., Ad Rom., cap. 13, n. 1.

mas também que o ânimo e a vontade do seu legislador seja também a de obrigar debaixo de semelhante culpa.

18. E como poderemos nós conhecer que o monarca nos quererá obrigar debaixo de culpa grave? Não será necessário para virmos em tal conhecimento que ele assim o declare. O seu ânimo se colige excelentemente do contexto da sua lei. O rei é prudente, não usa de palavras fortes e de penas graves senão em matérias igualmente graves. E quando o rei julga que a matéria é grave e proíbe com penas graves, quer constranger e obrigar aos vassalos gravemente à observância da lei. O rei não tem outro meio para nos obrigar mais ou menos à observância de qualquer lei do que é opor-nos maior ou menor pena. Logo, todas as vezes que nos põe a pena grave, quer obrigar-nos e por conseqüência debaixo de culpa grave, pois que a gravidade da culpa se deve comensurar pela gravidade do preceito que se violar.

19. Dissemos acima que o rei pode obrigar em matéria grave debaixo somente de uma culpa leve. A isto parece que obsta que a obrigação de obedecermos ao rei provém de direito natural, que o rei não pode diminuir, e que assim como não pode em matéria leve obrigar sobre pena grave, assim em matéria grave não poderá obrigar sobre culpa leve. A isto se responde que a obrigação de obedecer ao rei provém de direito natural, mas comensurada ao seu preceito; por isso, se o seu preceito é grave, nasce grave obrigação, e por conseqüência será grave a culpa. Nem obsta a paridade, pois a matéria leve não pode receber culpa grave, porque esta não cabe na sua capacidade, e a culpa leve cabe na capacidade da matéria grave. No mais se inclui o menos, no me-

nos não cabe o mais, e o soberano pode usar livremente do exercício das penas que não couberem nos limites da sua jurisdição.
20. Não falta quem diga que a lei do príncipe não obriga, a não ser aceita[20]. Heinécio distingue o consentimento tácito e universal antecedente para o império do consentimento expresso e conseqüente para a lei[21]. Expliquemos isto. Quando o povo se sujeitou a um império, tacitamente aprova e abraça as leis que ele lhe puser. Este consentimento tácito e antecedente a qualquer lei é sumamente necessário, pois sem ele não podemos conceber império, nem sem império lei alguma. Mas depois que o povo consentiu no império, então já se não carece que a lei se abrace e aceite, especialmente pelos fundamentos seguintes:
21. A obrigação de se obedecer nasce da superioridade de quem manda e não do consentimento do súdito. Se o que manda não tivesse jus de exigir obediência dos súditos, independente do consentimento deles, então não teria direito de mandar mas tão-somente uma mera faculdade de propor e de aconselhar. Nem poderíamos dizer que o sumo imperante é que estava o poder de legislar, mas sim do povo, pois que da vontade e aceitação deste é que pendia toda a força e obrigação da lei. Carecerá porventura o preceito do pai da aceitação do filho, o mandado do senhor da aceitação do servo? Se pois o preceito particular para obrigar a pessoa a quem se põe não carece de consentimento algum, como poderemos dizer que o carece o preceito universal, quando não é

---

20. Petrus De Marc. Concord. De Sacerd. et Imp., cap. 16, § 2.
21. Hein., De Offic., lib. 1, cap. 2, § 6.

menos sujeito para a obediência o particular ao particular que o todo ao seu soberano[22]?

22. A lei de nenhuma forma carece de aceitação do povo. Esta regra universal não admite mais que a exceção de quando o rei cede do seu direito e consente que a sua lei, para obrigar, seja primeiramente recebida. A razão desta exceção é patente. A lei depende da vontade do legislador. Ele lhe pode pôr as condições que quiser e com que quer que ela obrigue. Logo, todas as vezes que o soberano só quiser que ela obrigue no caso em que o povo a aceite, ante de semelhante aceitação não terá vigor, o que não precede de necessidade que a lei tenha de confirmação, mas sim da vontade do legislador, que só quis que a sua lei o fosse, se se verificasse a condição tácita que lhe pôs da aceitação do povo.

23. Mas quais serão as pessoas que estão sujeitas à disposição da lei? A não serem meninos, furiosos e todos aqueles que por falta de conhecimento não podem viver sujeitos à lei do superior, todos os mais vassalos sem diferença alguma lhe são subordinados. Já dissemos que os mesmos eclesiásticos eram sujeitos no temporal ao rei como outro qualquer vassalo, pois que a ordem não os exime da sujeição do seu legítimo soberano.

24. Os vassalos são sujeitos aos soberanos por direito da natureza. Este direito não se pode tirar senão por outro que seja de maior vigor. E qual é o direito que eximiu aos sacerdotes da sujeição do soberano? Eu confesso que não acho um só texto que os exima desta sujeição e lhes dê semelhante privilégio. Vejo pelo contrário que S. Pedro apelou para o tribunal

---

22. Antoin., Theol. Mor., tomo I, tract. De Leg., p. 257.

do César[23]. E que o mesmo Cristo disse que fora dada a Pilatos jurisdição sobre ele[24]. Eu não sei que haja texto que dê ao Sumo Pontífice mais poder sobre os eclesiásticos que sobre os seculares. Quisera pois que me dissessem como ele castiga com penas corporais aos que vivem nos seus estados. Se os castiga como rei deles, tomara saber que mais razão há para que os clérigos de Roma sejam sujeitos ao rei de Roma que não haja para que os de Portugal não sejam sujeitos aos de Portugal, e os demais reinos aos seus respectivos monarcas. Se o Pontífice os castiga como tal, quisera ver o texto que lhe dá o poder da espada sobre eles.

25. Belarmino[25] abraça esta opinião; ele dá por fundamento que, como os eclesiásticos são partes do corpo político e tiram cômodo dele, é justo que se sujeitem às suas leis. Nicolau 1º diz que Deus dividiu o império entre o Pontífice e o Rei, para que o Rei no espiritual carecesse do Pontífice, e este no temporal usasse das leis do Rei[26]. S. João Crisóstomo, expondo as palavras de S. Paulo, "omnis anima potestatibus sublimioribus subdita sit", diz que Cristo não tirava as leis civis e que por isso os sacerdotes lhes são sujeitos.

26. Temos visto como os vassalos todos são sujeitos às leis civis. Vamos agora a ver se o mesmo príncipe fica obrigado às suas próprias leis. Que o príncipe não é propriamente obrigado e sujeito a elas[27] o mostra a razão, pois que implica que ele seja sujeito às

---

23. Act. Apost., cap. 5.
24. Joan., cap. 19, n. 11.
25. Belarm., lib. 1, De Cler., cap. 26.
26. Nichol., 1, Epist. 8.
27. Budei, Disert. de Princ. Leg. Hum non Div. Solut I.

mesmas leis a que fica superior. Sendo a natureza da lei o obrigar, ninguém pode estar sujeito à sua própria lei, pois que ninguém se pode obrigar a si próprio. A obrigação é "uma necessidade que temos para fazermos ou não fazermos certa cousa". Para haver semelhante obrigação é necessário haver alguém que tenha jus de exigir. Logo, não podemos pôr obrigação no rei, nascida da sua própria lei, pois que ele não pode exigir a si mesmo a sua observação[28]. Ele se pode eximir delas todas as vezes que quiser e não podemos pôr necessidade, donde o obrar ou não obrar fica sendo voluntário. Mas sempre devemos advertir que a razão natural pede que o soberano observe as suas próprias leis, pois é sumamente útil e justo que a parte convenha com o seu todo.

27. Os peregrinos também têm obrigação de observarem as leis do país em que viverem, mas nem todas. Antoine faz a seguinte diferença: Se o peregrino chega ao país sem ânimo de assistir perpetuamente nele, não está obrigado senão às que se intimam com ânimo de obrigar não só aos nacionais mas a todos; porém se chegar ao país com ânimo de viver nele perpetuamente, fica logo obrigado à sujeição de todas as leis como outro qualquer nacional[29]. Eu não posso aprovar esta doutrina. O peregrino é cidadão temporário, está obrigado às leis da cidade em que habita, porém só àquelas que abraçam a todos sem os diferenciarem dos nacionais. Por isso, ainda que um peregrino tenha ânimo de assistir perpetuamente em um país, não estará obrigado às leis que somente obrigam aos nacionais, enquan-

---

28. L. 7, ff. De Recep. Arbit., L. 31, ff. De leg.
29. Antoin., Theol. Mor., tract. De Leg., tomo I, quaest. 7.

to não se naturalizar, e somente às que obrigam sem diferença a todos. Que maior sem-razão poderia haver do que pôr a um peregrino, só pelo ânimo de assistir em um país, obrigado às pensões do natural e destituído ao mesmo tempo das utilidades que gozam todos os outros nacionais? Porventura a sociedade, enquanto ele se não naturalizasse, estaria obrigada a tratá-lo como a legítimo nacional? Se alguma potência estranha lhe fizesse alguma injúria, pediria esta a sua satisfação? Certo que não. Logo, se a sociedade o há de tratar como estranho para o cômodo, não será justo que haja de se reputar nacional para o incômodo e sujeição.

CAPÍTULO 4

Da interpretação das leis

A interpretação das leis não é outra coisa mais do que uma explicação do sentido delas. Esta se divide em interpretação autêntica, usual e doutrinal. Chamamos interpretação autêntica à que se faz pelo mesmo legislador, a qual por conseqüência recebe força de lei. Chamamos usual à que provém do costume com que a lei comumente se pratica; virtual à inteligência que lhe dão os sábios, a qual de nenhuma forma tem vigor de lei. A segunda divisão é que pode ser extensiva, restritiva e declaratória. Extensiva, quando o espírito da lei se estende a mais do que as palavras soam. Restritiva, quando as palavras dizem mais do que o espírito da lei e a sua razão. Declaratória, quando a razão diz tanto quanto dizem as palavras e só versa a interpretação sobre a propriedade e inteligência delas.

1. As regras universais da interpretação são as seguintes: As palavras da lei devem-se impropriar todas as vezes que, de se entenderem no seu significado próprio, se seguir absurdo, injustiça ou inutilidade da mesma lei[1]. Devem-se entender do modo que for mais consentâneo ao seu fim. Deve-se entender conforme o costume recebido, pois ele é o seu melhor intérprete[2]. De-

---
1. Antoin., Theol. Mor., tomo I, tract. De Leg., cap. 5, quaest. 2.
2. Reg. 48. de reg. jur. in 6º; Larr., Aleg. 92, n. 1.

ve-se interpretar nas coisas odiosas *stricte*[3]; nas favoráveis *late*[4]. Heinécio não acha esta regra boa, porque é impossível o poder-se descobrir regra genuína que mostre qual seja a matéria favorável ou odiosa; antes todas as coisas a respeito de diversos sujeitos são odiosas e favoráveis. O dote é favorável ao genro, odioso ao sogro, o tributo odioso aos súditos, favorável ao fisco etc. Logo, será melhor dizermos com o mesmo Heinécio que toda a interpretação se deve fazer mais a favor de quem sente o dano do que a favor do que recebe o lucro[5].

2. É de advertir que toda a correção das leis é odiosa; por isso, se houver duas que se contradigam, faremos todo o possível para as conciliarmos, de sorte que não julguemos a nenhuma revogada mas somente que procedem em diversos casos[6]. É bem certo que sendo a vontade do legislador a que faz a lei, há de ser melhor toda[7] a interpretação que for mais conforme à vontade dele. Daí vem que, quando do fim da lei não se pode coligir qual seja a tenção do soberano, devemos recorrer às outras leis antecedentes ou subseqüentes que tratam da mesma matéria, para vermos se delas a coligimos[8].

3. Todas as vezes que houver fraude da lei, temos necessidade da interpretação extensiva, porque, querendo o soberano que se faça alguma coisa, não há de querer que os vassalos usem de rodeios para ilidirem a disposição da sua lei[9].

....

3. Tx. in cap. 8. De consuet., lib. 37, § 1 ff. De Leg. Lagun., De fruct. P. 1, c. 1, n. 84.
4. Reg. 15 de reg. jur. in 6º.
5. Hein., De Offic., lib. 1, cap. 17, § 9.
6. Larr., Aleg. 7, ns. 16 e 18.
7. Pacion, De Locat., cap. 64, n. 46.
8. Larr., Aleg. 7, ns. 16 e 18.
9. Pufend., De Jure Nat., lib. 5, c. 12, § 13.

4. E que diremos da extensão da lei em casos semelhantes? Poderemos porventura estendê-la sempre aos que se compreenderem debaixo da lata significação das suas palavras pela paridade da razão? Fora absurdo grande dizermos que sim. Transcreveremos aqui a doutrina de Antoine[10]: o superior pode querer obrigar em um caso e não em outro, ainda que tenha igual razão. Sim, a lei positiva pende totalmente da livre vontade do legislador, que não obriga senão ao que suficientemente consta que ele nos quis obrigar. Logo, não podemos estender a lei a outro caso compreendido debaixo da lata significação das palavras pela paridade de razão, todas as vezes que não nos constar que o monarca nos quis obrigar a todos eles.

5. Mas esta regra geral tem várias limitações. A primeira é quando, de se não estender, se seguir algum absurdo ou iniqüidade. A segunda, quando de exprimir a causa[11], pois quando ela se expressa se julga que fez o rei a expressão para na disposição compreender todos os casos donde ela se der[12]. A terceira nos correlativos. A quarta nos juízos, pois que a razão pede que donde não há lei para qualquer caso, se haja de decidir pela decisão que se houver dado em outros semelhantes[13].

6. A eqüidade é uma espécie de interpretação restritiva, de que temos necessidade de usar todas as vezes que, de executarmos o rigor da lei, se seguir alguma injustiça. Esta interpretação tem um grande exercício na praxe, pois sendo a lei uma regra única, é certo que ela não se pode aplicar a todos os casos que ocorre-

....
10. Antoin., Theol. Mor., tomo 1, tract. De Leg., cap. 5, quaest. 2.
11. Pacion, De Locato, cap. 41, n. 5.
12. Id. Pacion, cap. 1, n. 6.
13. Maresc., Variar. 1, 2, c. 106, n. 15; Grot., De et Indulg., cap. 1, § 3.

rem, pois que estes são muitos e diversos[14]. Ponhamos um exemplo: Manda o rei que todo o que matar que morra; ora esta lei não se deve entender tão geralmente, que digamos que ela abraça não só ao que mata com um ânimo deliberado de a quebrar, mas ainda ao que a quebra em caso repentino, quando a mágoa da injúria nem lhe dá lugar a pensar em semelhante lei. Logo, devemos interpretar esta lei restringindo a sua disposição, todas as vezes que o homicídio não for com ânimo deliberado, e assim lhe iremos diminuindo a pena à proporção da maldade que o delinqüente mostrou na execução do insulto.

7. Esta interpretação é um ato de perfeita justiça. Esta não consente que se castigue ao réu mais do que pede a malícia da sua ação; por isso lhe chamamos eqüidade. Isto é "justo". Esta interpretação difere da dispensa, porque a dispensa é só concedida pelo legislador, esta por qualquer magistrado. Aquela é de favor, esta de necessidade[15]; além de que a dispensa suspende a disposição que na verdade há para qualquer caso, e esta interpretação só declara que o caso não está compreendido em semelhante disposição.

8. A epiquéia é outro gênero de interpretação benigna. Usamos de todas as vezes que não podemos compreender ao caso particular debaixo da disposição universal sem algum dano e prejuízo. Figuremos o caso: o rei proibiu que os soldados saiam das praças que presidirem. Ora suponhamos que ao governador desta praça chega notícia que outra está sitiada, e que se ele não a socorre, certamente se perde. Poderá o governador mandar os seus soldados a socorrê-la interpretando a vontade do príncipe, pois é

....
14. Grot., Lib. Singul, De Aequitat et Indulg., cap. 1, § 3.
15. Hein., De Offic., lib. 1, cap. 2, § 10.

certo que se ele se achasse presente, dispensaria semelhante lei, porque sendo a sua tenção o bem da sociedade, não havia de querer que se cumprisse o seu preceito, todas as vezes que chegasse caso em que a obediência cega e indiscreta fosse prejudicial e nociva.
9. A epiquéia não tem lugar na lei da Natureza, mas sim na lei humana, pois esta determina com palavras universais, que de eqüidade se devem restringir em muitos casos, e aquela explica logo todos os casos que se devem excetuar. É uma ordenação divina participada por meio da razão, que determina tudo o que se deve obrar em todos os casos e em qualquer deles. É de advertir que da epiquéia não se deve usar em todos os casos, mas só quando não se puder consultar ao soberano sem o perigo de se verificar o dano que se pretende evitar por meio dela.

CAPÍTULO 5

Do privilégio e do costume

O privilégio é uma faculdade constante concedida pelo monarca para se fazer alguma coisa já contra, já além da lei[1]. Dizemos contra a lei, todas as vezes que se concede o que estava proibido a todos por lei certa. Dizemos além da lei, todas as vezes que concede o que não é concedido a todos por lei alguma. Distingue-se da dispensa em que esta é sempre uma relaxação da lei, o privilégio não sempre. A dispensa é para um só caso, o privilégio para todos ou ao menos para quantos acontecerem no espaço de certo tempo.

1. O privilégio é uma lei privada[2]. Daqui vem que ele só poderá ser concedido por aquele que tiver o poder de legislar; mas nem porque o privilégio pode ser somente dado pelo soberano se segue que ele o pode dar só aos vassalos. Não, ele o pode também dar aos que não lhe são sujeitos, pois para haver privilégio não se requer que haja império sobre a pessoa a quem se concede; basta que a matéria dele seja da jurisdição do concedente. Ponhamos um exemplo: O rei concede aos estrangeiros que tenham bens nos seus domínios; eis aqui um privilégio concedido àque-

---
1. Antoin., Theol. Mor., tom. 1, tract. de Leg., p. 288.
2. Cancer., part. 3, cap. 3, n. 1.

les sobre quem não há império, estribado somente na jurisdição que o concedente tem para proibir aos que não forem nacionais o poderem gozar bens nos seus estados.

2. O privilégio divide-se em real e pessoal. Real chamamos nós àquele que anda anexo a certa coisa. O pessoal o que é inerente à pessoa, *v. g.*, o rei concede que os habitadores de uma terra não paguem tributos; este privilégio é real, porque ele não está anexo às pessoas mas sim à terra, de sorte que o que sair dela o deve pagar. Ora ponhamos que o rei concede aos nobres que não os paguem: eis aqui um privilégio pessoal, pois este de tal forma anexo às pessoas nobres que por isso o que não o for, posto que lhe suceda nos bens, o deverá pagar.

3. O costume não é outra coisa mais do que uma freqüência de atos externos feitos ao menos pela maior parte da sociedade. O costume é de fato ou de direito. Chamamos costume de fato ao trato sucessivo de fatos sem força de lei, por falta dos requisitos que para isso se carecem; chamamos costume de direito ao trato sucessivo de fatos com força de lei.

4. Mas qual será o costume com força de lei? Aquele que for honesto, útil à sociedade, introduzido publicamente e aprovado pessoal ou legalmente pelo soberano. A este costume é que vulgarmente se chama direito não escrito[3].

5. Este costume tem força de revogar a lei[4]; porém é de advertir que ele só terá este vigor, quando o príncipe expressamente o aprovar, ou ao menos tacitamente, não declarando por de nenhuma autoridade as opi-

....
3. Cap. consuetudo. 1 Dist. § Ex non scripto – Instit. de jure nat. gent. et civ.
4. Lex 32, § 1 ff. de Leg.

niões que assim o confirmam. O povo de nenhum modo pode revogar a lei do príncipe; por isso, se o costume não for aprovado por ele, não poderá revogar disposição alguma, pois, faltando-lhe a vontade do soberano, não pode constituir lei e nem por conseqüência tirar o vigor das que na verdade o são.

CAPÍTULO 6

Da dispensa, ab-rogação e revogação da lei

A dispensa é uma relaxação da lei para certo caso. Esta só pode ser dada por aquele que tiver poder ordinário, como é o mesmo que teve o poder de a pôr, ou por aquele que o tiver delegado, que é o que recebe dele a necessária jurisdição. Daqui se segue que nem nas leis naturais nem tampouco nas divinas poderá dispensar pessoa alguma. Naqueles porque não podem sentir a menor alteração; nestas porque não nos consta que Deus, que é o seu autor, delegasse em pessoa alguma o seu poder para semelhante fim. A mesma Igreja não tem mais do que um poder de interpretar e declarar os casos a que ela se estende ou não se estende.

1. Não falta quem afirme que a dispensa que se dá sem justa causa não é válida. Esta opinião é totalmente errada e não se deve seguir tão geralmente. A regra é que, se ela é concedida por aquele que tem poder delegado, é inválida, se é pelo mesmo legislador, não. A razão da diferença é grande: o que tem poder delegado só tem poder de dispensar na lei, quando assim for útil e necessário e a lei não depende da sua mera vontade. Não é assim o que tem poder ordinário. A lei somente pende da vontade dele. Sim, se o legislador não quer que obrigue, já não induz ao povo a menor obrigação. Logo, se o rei a pode tirar a res-

peito de todos, que muito que a possa tirar a respeito de um somente?

2. A derrogação e ab-rogação diferem em que a derrogação é uma revogação de parte da lei, e a ab-rogação é revogação de toda ela[1]. Tanto uma como outra se pode fazer de três maneiras. Por lei, por desuso e por uso contrário. Por lei, quando o soberano expressamente declara revogada em parte ou em todo, ou quando manda outra coisa totalmente oposta; pois como não se podem observar ambas as leis contrárias, havemos de julgar a primeira sem vigor. A razão é porque as leis valem pela vontade do legislador, e a primeira vontade se julga revogada pela segunda. Demais, que as leis põem-se conforme as circunstâncias do tempo; logo, a mais nova se deve julgar mais conforme às circunstâncias do tempo e por isso mais conforme à vontade do legislador. A revogação por desuso ou contrário uso corre regras do costume que já demos e por isso não falamos nelas com mais individuação.

3. Mas a lei, além da sua revogação, também em alguns casos se diz que cessa. O primeiro é quando se tornar em nociva a toda a sociedade; o segundo é quando for dada por certo tempo. O terceiro, quando faltar totalmente a sua razão, pois sendo esta a sua causa eficiente, faltando ela, vem também a faltar a vontade moral do legislador.

4. É de advertir que, quando o soberano revoga a lei geral, não revoga contudo as especiais ou particulares, quais são os privilégios, enquanto deles não fizer especial menção. A razão é porque se presume que o soberano os ignora e que não há de querer revogar aquelas leis de que não tiver uma perfeita notícia.

---

1. Lex 120, § 1 ff. de Verb. Signif.

Cromosete
Gráfica e editora Ltda.

Impressão e acabamento
Rua Uhland, 307 - Vila Ema
03283-000 - São Paulo - SP
Tel/Fax: (011) 6104-1176
Email: adm@cromosete.com.br